イラストで見るマナー、
文化、レシピ、ちょっといい話まで

知っておきたい！
メキシコごはんの常識

LA CUISINE MEXICAINE ILLUSTRÉE:
des recettes et des anecdotes pour tout savoir
sur la culture gastronomique mexicaine
Mercedes Ahumada & Orane Sigal

メルセデス・アウマダ［文］

オラーヌ・シガル［絵］

山本萌［訳］

メルセデス・アウマダ

3代続くメキシコの伝統的な料理人の家系に生まれる。フランスを拠点に、数々の講演やイベントを通して、メキシコの食文化と伝統料理を広める活動をしている。またフランス・パリでさまざまなメキシコ料理を楽しめるレストラン「チカフアルコ」のシェフも務める。

オラーヌ・シガル

フランス・ストラスブールの装飾美術学校を卒業後、身近な世界や旅をテーマに色彩豊かな作品を創作しつづけている。その目的は、カラフルな喜びあふれる世界に人々を誘うこと。スロー・アジャンス所属。2022年には自身のアトリエ兼ブティック「シガルリー」を設立した。

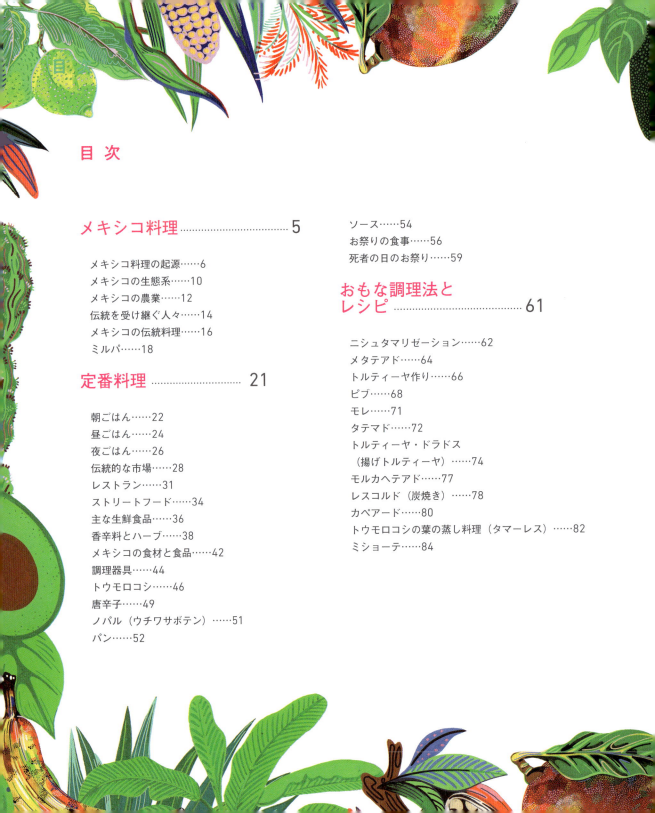

目 次

メキシコ料理 …………………… 5

メキシコ料理の起源……6
メキシコの生態系……10
メキシコの農業……12
伝統を受け継ぐ人々……14
メキシコの伝統料理……16
ミルパ……18

定番料理 …………………… 21

朝ごはん……22
昼ごはん……24
夜ごはん……26
伝統的な市場……28
レストラン……31
ストリートフード……34
主な生鮮食品……36
香辛料とハーブ……38
メキシコの食材と食品……42
調理器具……44
トウモロコシ……46
唐辛子……49
ノパル（ウチワサボテン）……51
パン……52

ソース……54
お祭りの食事……56
死者の日のお祭り……59

おもな調理法とレシピ …………………… 61

ニシュタマリゼーション……62
メタテアド……64
トルティーヤ作り……66
ピブ……68
モレ……71
タテマド……72
トルティーヤ・ドラドス
（揚げトルティーヤ）……74
モルカヘテアド……77
レスコルド（炭焼き）……78
カペアード……80
トウモロコシの葉の蒸し料理（タマーレス）……82
ミショーテ……84

郷土料理 ………………… 87

北西部地方の料理……88
メキシコのワイン……90
北東部地方の料理……92
太平洋沿岸地方の料理……96
中部地方の料理……100
南部地方の料理……104
南東部地方の料理……108

飲み物とデザート ………… 111

トレスレチェケーキ（3種のクリームケーキ）……112
ボラチートス・テキーラ（テキーラ入り菓子）……113
インポッシブルケーキ（メキシカンフラン）……114
焼きバナナ（テキーラ風味）……116
プルケケーキ……117
トウモロコシサブレ……118
マンゴージュース……120
テキーラ・サンライズ……122
メスカリータ……122
クリスマス・ポンチェ……123
プルケ……124
ピーナッツ・プルケ……125

索引……126

LA CUISINE MEXICAINE ILLUSTRÉE:
des recettes et des anecdotes pour tout savoir
sur la culture gastronomique mexicaine

Textes : Mercedes Ahumada
Illustrations : Orane Sigal
© First published in French by Mango, Paris, France 2024
Japanese translation rights arranged
through Japan Uni Agency, Inc.

メキシコ料理

2010年11月16日、メキシコの伝統料理がユネスコの無形文化遺産に登録されました。
脈々と受け継がれてきたメキシコの美食文化は、タコス、エンチラーダ、ワカモレといった
誰もがよく知る名物だけではありません。
世代を越えて受け継がれてきた、それぞれの地域ならではの伝統や慣習、
儀式に深く関わった料理があるのです。それこそがメキシコ料理のアイデンティティであり、
メキシコの食文化を唯一無二のものにしているといえるでしょう。
伝統的なメキシコ料理は、今でも国じゅうの一般家庭で作られています。
料理を作る人たち、またそのレシピを受け継ぐ人たちを
感じることのできる人間味あふれる料理なのです。

メキシコ料理の起源

メキシコ料理は、古代のメソアメリカ文明にさかのぼる豊かな文化と食の歴史の賜物です。
また、征服や革命といったさまざまな影響を受けたことで、
今日のメキシコの食文化が完成しました。

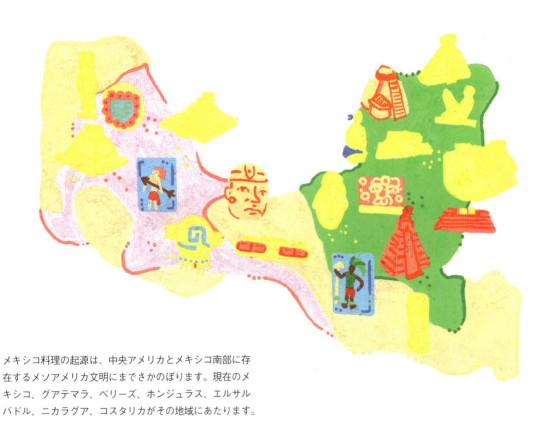

メキシコ料理の起源は、中央アメリカとメキシコ南部に存在するメソアメリカ文明にまでさかのぼります。現在のメキシコ、グアテマラ、ベリーズ、ホンジュラス、エルサルバドル、ニカラグア、コスタリカがその地域にあたります。

メソアメリカ文明は、オルメカ、マヤ、サポテカ、トルテカ、アステカなど、アメリカ大陸の歴史のなかでもでもっとも重要な古代文明が興亡したことでも知られています。

これらの文明は、メキシコ料理という豊かな遺産をのこしました。トウモロコシ、豆、唐辛子、カボチャなどは、当時の基本食材であっただけでなく、古代人の宇宙観においてスピリチュアルな意味合いももっていたとされています。

スペインによる征服の時代には、コショウやアニスシード、ローズマリー、バジル、オレガノ、サフランなど、それまであまり知られていなかった食材や香辛料がメキシコにもたらされ、その後、メキシコの食文化が人類の遺産とみなされる一因を担いました。香辛料のなかには、シナモンなど、スペインに長く影響を与えてきたアラブ圏からもたらされたものもあります。

メキシコで修道院が多く建設された時代（16〜17世紀）は、メキシコの食文化の発展においてとても重要です。修道女たちのレシピは、フレンチトーストの一種ともいえるカピロターダやトレハス、「王家の卵料理」と呼ばれるウエボス・レアレスなどの典型的なデザート、パン作りなど、今日でもメキシコの象徴といわれる料理に大きな影響を与えました。

ウエボス・レアレス

卵、砂糖、アーモンドを使ったデザート。シナモンが使われることもあります。アーモンドや砂糖など、かつては高級品だった食材を使うことから、貴族や裕福な家庭の人たちの食べ物といわれていました。

メキシコの食文化は19世紀も進化を続けました。ポルフィリオ・ディアスが大統領として統治していたポルフィリアートの時代には、大統領がフランスに親近感を覚えていたことから、文化、建築、芸術、そしてもちろん食文化にもフランスの影響が色濃く反映されました。社交の場としてレストランが出現し、腕のいいシェフや美食文学が国境を越えて入ってくることで、メキシコの食文化はさらに進化を遂げたのです。

**ボロバン・デ・モーレ
（ヴァル・オ・ヴァン）**

サルプーテ

ユカタン半島の伝統的な料理。コーントルティーヤを揚げたもので、火を通すと生地がふんわり膨らむことから、マヤ語で「Zaal（軽い）」「But（肉詰め）」を意味する言葉に由来します。

**具入り
トルティーヤ**

21世紀にメキシコは独自の食文化を確立しました。メキシコの風土に根ざした作物や材料を中心としたプレヒスパニック時代［スペイン人によって征服される前の時代］の素材を使いながらも、異国の新しい技術と食材を日常に取り入れたことで独自の料理が完成したのです。

ボロバンはフランスから伝来した料理のひとつです。子どもの頃、家族のお祝い事といえば必ずボロバンが出てきたものです。トレスレチェケーキはイチゴを使ったフランス直伝のデザートです。

20世紀前半は、メキシコ革命による激動の時代でした。社会、政治、文化だけでなく食文化も変化し、他の文化と融合した創作料理が生まれたのもその頃です。革命下のメキシコ北部のシウダー・フアレスでのトウモロコシ不足がきっかけでブリートが誕生したという逸話もあります。ブリートは小麦粉でできたトルティーヤに煮込み料理、豆やチーズを詰め、折りたたんで作るタコスの一種です。冷めにくく、食べやすく、栄養バランスがいいため、当時のメキシコではとても人気がありました。その起源はスペインとアラブ諸国で、中東のパンをもとに作られたといわれています。

メキシコの生態系

メキシコは世界でもっとも多様性のある国として知られ、
生態系、文化、農業の3つが独自のつながり方をしていることでも有名です。
この三者の特別な関係こそが、メキシコ料理の豊かさとバリエーションを作り出しています。

海、森、ジャングル……メキシコにはさまざまな地形と気候が存在します。たとえば、沿岸部では日照時間が長く雨の多い熱帯気候、北部や砂漠地帯は暑く乾燥した気候です。中部や山岳部は夏季に雨が少し降る程度の温帯な気候で、一部の沿岸では亜熱帯気候で気温が高く、降水量はそれほど多くありません。

メキシコの食文化は気候や地形の特性の影響を強く受けています。

メキシコの沿岸地帯では1万1000 km以上にわたって漁業が盛んです。600種類以上の魚や魚介類が捕獲され、セビーチェ、スープ料理、米料理、シーフードのトルティーヤなど無数のレシピが生み出された地域でもあります。また湖やラグーンでは、川魚や、メキシコ中部に生息するアコシールという名のザリガニなど食用の甲殻類、さらには昆虫も手に入ります。

森では、さまざまなキノコだけではなく、ノパル（ウチワサボテン）、アガベ、トウモロコシ、カボチャ、葉物野菜、花、根菜、茎菜などを収穫することができます。メキシコ中部の道路脇にはカラフルな屋台が並び、溶かしたチーズと野菜を詰めたケサディーヤ、キノコやカボチャの花のスープ、豆、ノパルなど、さまざまな料理や食材がメキシコの雄大な山々を旅する登山者や観光客のお腹を満たしてくれます。

ペスカド・サランデアド

太平洋沿岸部発祥の魚料理。マリネしたタイなどの白身魚を直火で焼いたもので、むらのない焼き方とスモーキーな味わいが特徴です。

アコシール（ザリガニに似た小さな甲殻類）のタコスとワカモレ

ノパルとトマト

メキシコの農業

伝統的な農業はメキシコ全土の食文化に欠かせない役割を果たしています。

メキシコ国産の食材は、先祖代々受け継がれてきた先住民の古代の農法にそのルーツがあります。先住民にとっては、儀式は日常生活の一部でした。メキシコ料理をこれほどまでに特別なものにしているのは、こうした伝統や土地とのつながりなのです。ミルパやチナンパなど古くから伝わる農法で作られた食物は、ミネラル豊富な土壌で育ち、しっかり成熟してから収穫されます。

カラフルなトウモロコシ

現在、メキシコには64のトウモロコシの品種があります。農家の人たちが長年、栽培と研究を続けた結果、メキシコのトウモロコシは、さまざまな気候や土壌、環境にも適応できる遺伝的可変性をもつことができるようになりました。

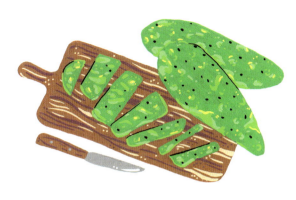

メキシコ料理には、トウモロコシ以外にも、唐辛子、インゲン豆、トマト、ノパルをはじめとしたプレヒスパニック時代から親しまれている多様な食材が使われています。ほかにも、バニラ、トマティーヨ、アボカド、グアバ、パパイヤ、サポーテ、マメイ、パイナップル、クズイモ、カボチャ、サツマイモ、ピーナッツ、ウイトラコチェ※、七面鳥、魚などがあります。

※黒穂病に感染したトウモロコシ

アメリカ大陸にスペイン人が到来すると、メキシコの各地で牛、山羊、豚、鶏の飼養がはじまり、米、小麦、オーツ麦や栄養価の高い穀物の栽培がおこなわれるようになりました。さらには、オリーブオイル、ワイン、アーモンド、パセリ、そして何種類もの香辛料が持ち込まれ、メキシコの土着の食文化と融合しました。それらはすべて、いまではメキシコ料理に欠かせないものとなっています。

ガルナチャス

厚めの小さなコーントルティーヤを揚げて具材をのせたもの。

鶏肉のモレ

モレ、チレスエノガダ、ポソレ、ガルナチャス、タマーレス、エンチラーダ、アグアチレなどの食材を組み合わせることでさまざまなおいしい料理が生まれます。

伝統を受け継ぐ人々

メキシコ料理は、家族ごとに、
そして村ごとに誇りをもって受け継がれています。

メキシコには「伝統料理人」と呼ばれる女性たちがいます。「伝統料理人」には、料理人としての腕前だけでなく、地域ごとの食の伝統に関する豊富な知識や知恵も必要です。

「伝統料理人」はおいしい料理を作るだけでなく、先祖から代々受け継いだレシピを次の世代に伝える役割も担っています。

メキシコの家庭の中心は母親です。彼女たちは伝統を継承しながら、料理、育児、家事などの仕事を日々こなしています。村によってはいまだに昔ながらの方法が受け継がれている地域もあり、女性たちの仕事は重労働になることもあります。一般家庭だけでなく、モダンなメキシカン・レストランでもいまも伝統的な調理法が取り入れられていることがあるのです！

母から子へと受け継がれてきた家庭のレシピはかけがえのない宝物です。先祖たちが残してきた料理本には、メキシコという国や各家庭のアイデンティティを作りあげてきた料理の秘密が隠されています。そうした伝統を守ってきた母親たちこそがメキシコ料理の中心的存在といえるでしょう。

メキシコの伝統料理

伝統的なメキシコの食文化は、昔ながらの農作業、
長年にわたって培われてきたノウハウ、料理の技術、
先祖から受け継いできた慣習や風習を結集させたひとつの完璧な文化モデルです。

メキシコ料理とは、ただ食事を作ることだけではありません。国を代表するこの食文化は、日々豊かになっていくメキシコ文化を象徴しているといえるでしょう。

セレモニーの終わりにはたいていその郷土料理が出てきて、豊かさや祝福の気持ちを分け合います。メキシコでは、食事をともにすることが、感謝の気持ちを表す一番の方法だからです。

2010年、メキシコの伝統料理はユネスコ無形文化遺産に登録されました。メキシコ料理は、古い歴史をもちながらモダンな文化でもあり、メキシコを代表するとても重要なものです。そこには、口頭伝承、伝統芸能、社会の風習、儀式、祭り、自然に関する知恵や慣行、伝統工芸などがすべて含まれています。

では、無形文化遺産にはいったいどんな意味があるのでしょうか？ なぜ、国の宝として保存される必要があるのでしょうか？ 具体例をあげてみましょう。たとえば、マヤ人が暮らすユカタン半島やキンタナ・ローといったメキシコの多くの先住民の村では、トウモロコシの栽培にまつわる先祖代々から伝わる儀式がおこなわれています。これは、豊作への感謝や祈りをささげる儀式で、土着の祭司や儀式の専門家に導かれ、作付けの際に供え物をしたり、踊ったり、神聖な歌を歌ったりします。

それぞれが独自の慣習、生態系、食文化をもつ60もの民族による儀式が、いかに豊かなものかを想像してみてください。ここにこそ、歴史と味が融合した、生き生きとしたメキシコの伝統料理があるのです。

ムクビル・ポジョ

マリネして煮込んだ鶏肉をトウモロコシの生地で包み、バナナの葉で包んで蒸すか焼くかしたもの。

ミルパ

ミルパは、ナワトル語で「種を撒いた区画」という意味の「ミル」と「(その地)に」を意味する「パ(パン)」で構成されている言葉です。

ミルパはメソアメリカ農業の宝庫といわれる農法で、トウモロコシ、インゲン豆、カボチャを同時に栽培するのが特徴です（これを「三姉妹」といいます）。地方によってはここに唐辛子が加わります。メソアメリカ以外では、ミルパがたんにトウモロコシ畑だけを指すこともあります。

こうした農法は生物の多様性を象徴しています。天然資源を有効に活用し、異なる作物どうしが相互依存しているのです。たとえば、インゲン豆は土壌の窒素量を安定させるのでトウモロコシ栽培によい作用をあたえ、大きなカボチャの葉は畑に日陰をつくるので、雑草の生長を防いでくれます。

ミルパはまた、農家に必要不可欠なノウハウ、技術、慣習を結集した成果でもあります。また、農家間で最良の種子を交換することで、さまざまなコミュニティが互いに交流し、社会的につながることができるのです。

ミルパはもっとも古く、もっとも効率的な農法のひとつであるとともに神秘的な意味をもっています。その土地、先祖、自然の霊を讃える特別な儀式にも関係しています。

ミルパの作物

定番料理

メキシコの定番料理といえば、
焼きたてのコーントルティーヤ、ソース、
さまざまな豆料理、煮込み料理、タコスです。
おいしそうな匂いがしてきました！

朝ごはん

メキシコ人の一日は、焼きたてのパンの香りとともにはじまります。

代表的な朝食メニュー

コーヒーとメキシコの菓子パン

季節のフルーツ(グアバ、パパイヤ)と小さじ1杯分のアマランサス、ハチミツ、フレッシュチーズ

メキシコ風スクランブルエッグ

さまざまな卵料理と焼いたノパル(ウチワサボテン)、そしてもちろん豆、これらすべてをコーントルティーヤとともに食べます。

材料(4人分)

卵…8個
カットトマト(皮付き)…1個
小さめのタマネギ…1個(みじん切り)
ノパル…2枚(せん切り・お好みで)
細かく刻んだチリセラーノ…4つ(お好みで)
油…大さじ2
塩…少々

1. ボウルに卵と塩を入れて混ぜる(完全に溶きほぐさない)。
2. 大きめのフライパンに油をひいて熱する。
3. そこにトマト、タマネギ、ノパル、チリセラーノを入れる。
4. 具材をよく混ぜて弱火で炒める。ときどきかき混ぜながら3分間炒めたら、卵を加える。
5. さらに4分間加熱して、できあがり。コーントルティーヤを添えていただく。

豆ペースト

材料(4人分)

茹でた赤インゲン豆…250gまたは
赤インゲン豆の缶詰…1缶(200g)
小タマネギ…1個(みじん切り)
刻みニンニク…1片
エパソーテまたはオレガノ…ひとつまみ(お好みで)
オリーブオイル…適量
塩、コショウ

1. 赤インゲン豆の水気を切る。
2. テフロン加工されたフライパンにオリーブオイルをひいて熱する。タマネギとニンニクを数分間炒めたら、そこに水気を切った赤インゲン豆とエパソーテ(またオレガノ)を加える。
3. 自分の好みに味付けする。
4. 豆をつぶしながら、とろみのあるペースト状になるまで5分ほど加熱する。

昼ごはん

午後2時、学校や仕事が終わると、みんなお腹が空いています。
メキシコ人の生活のなかでもっとも重要な昼ごはんの時間です。

家でもレストランでも職場でも、みんなで食卓を囲みます
食事の時間は、メキシコ人にとって一番大切な時。そこで
食べる料理もバラエティ豊かです。

昼ごはんの定番は、温かいスープ（夏でも！）、牛肉または
鶏肉の煮込み、米、豆、昔ながらの方法で焼く伝統的なト
ルティーヤ屋で買ってきた焼きたてのコーントルティーヤ。

いっしょにアボカドを食べることも多いです。メキシコに
は20種類ものアボカドがあります。また、昼ごはんのあ
とにデザートが出てくることはほとんどありませんが、食
後にはよくフルーツを食べます。

モレ・デ・オジャ
（メキシコ風煮込みスープ）

材料(4〜6人前)

お好みの牛肉 … 1kg（リブ、チャック、肩ロースなど）
骨髄 … 1本
インゲン豆 … 80g
トウモロコシ … 3本（4等分）
ニンジン … 2本（拍子木切り）
ズッキーニ … 2本（半月切り）
ハヤトウリ … 1個（大きめの角切り）
ジャガイモ … 1個（大きめの角切り）
パシーヤ … 10個
ニンニク … 2片
タマネギ … ¼個
乾燥エパソーテ … 小さじ2
水 … 1.5ℓ
コーン油または植物油 … 適量
塩

1. 種を取り除いたパシーヤを、ニンニクとタマネギといっしょに1.5ℓの水に入れて濾す。
2. 圧力鍋に油をひいて熱し、濾したスープを注ぐ。そこに牛肉と骨髄を加え、35分間煮込んだあと、鍋をじゅうぶん冷まして蓋を開ける。骨髄と不純物を取り除き、ふたたび火にかけ、塩とエパソーテで味をととのえる。
3. トウモロコシを沸騰したお湯でやわらかくなるまで10分ほど茹でる。ほかの野菜は蒸し焼きにする。すべての野菜に火が通ったら牛肉のスープに加える。
4. 焼きたてのコーントルティーヤを添えて熱いうちにめしあがれ。

メキシコ風野菜スープ

材料(4人前)

大きめのトマト … 1個（みじん切り）
ニンジン … 1本（角切り）
ズッキーニ … 1本（角切り）
皮を剝いたジャガイモ … 1個（大きめの角切り）
小さめのタマネギ … 1個（みじん切り）
刻んだニンニク … 1片
パクチー … 1本
チキンブイヨンまたは野菜ブイヨン … 4カップ
植物油 … 大さじ1
塩、コショウ

1. みじん切りにしたトマト、タマネギ、ニンニクをミキサーに入れて、ペースト状になるまで撹拌させる。
2. 中くらいの鍋に油を入れ、中火にかける。ミキサーで作ったトマトペーストと角切りにしたニンジンを入れて、5分間煮込む。
3. 角切りにしたジャガイモとズッキーニも加え、チキンブイヨンを注ぐ。
4. 中〜強火にしてさらに6分間煮る。
5. 沸騰したら弱火にして、パクチーを1本入れて蓋をする。
6. そのまま野菜に火が通るまで8〜10分ほど煮る。
7. 塩、コショウでお好みの味にととのえる。
8. できたてをボウルによそって、温めたコーントルティーヤを添えたら完成。

夜ごはん

たいてい、夜ごはん(とくに平日の夜)は軽いものですませます。
コーントルティーヤのケサディーヤに生野菜のサラダ、コーヒーか紅茶、
食後に季節のフルーツを1種類といったシンプルなメニューです。

昼ごはんの残りを食べることもあります。メキシコの人々は、夜はあまり料理をしません。週末は家族や友人と、通りにあふれる昔ながらのタコスやアントジートを食べに出かけます！　もちろん、料理に特別な風味を加えるトウモロコシやスパイシーなソースも欠かせません。レストランでの夕食は、まさにこうした味の饗宴です！

ケサディーヤ

<u>材料(4人前)</u>
小麦粉またはトウモロコシのトルティーヤ
(コーントルティーヤ)…8枚
すりおろしたモッツァレラチーズ…200g
ワカモレ(P.27参照)＆サルサ

1. 油を入れずに熱したフライパンにトルティーヤを敷く。そこにチーズをのせて、トルティーヤを半分にたたむ。
2. 中火で軽く焼く。
3. ひっくり返して反対側も同じように焼く。
4. ワカモレ＆サルサを添えてできあがり。

ワカモレ

材料（4人前）

アボカド … 2個
トマト … 1個（角切り）
ハラペーニョ … 1個（みじん切り・お好みで）
タマネギのみじん切り … 大さじ2
パクチーのみじん切り … 大さじ2
レモン果汁
塩

1. モルカヘテ（P.44参照）でアボカドを粗くつぶし、塩を加え、残りの材料をゆっくり入れる。
2. お好みで味をととのえる。

豆知識
モルカヘテがないときは、アボカドをボウルに入れて、フォークでつぶしましょう。

伝統的な市場

メキシコの貿易の歴史はオルメカ文明にまでさかのぼります。

オルメカ文明後、アステカ人がメキシコの渓谷に到来し、その軍事力と政治力を生かして貿易の幅を広げました。アステカ人はヒスイ、綿、カカオ、貴金属などの貴重な品々を遠方から輸入しました。

貿易の中心地はメキシコシティ（当時のテノチティトラン）の中央広場でしたが、あっというまに手狭になりました。そこで1300年代、当時もっとも大きかった市場がトラテロルコに設営されました。トラテロルコは現在もメキシコシティにあります。

今日のメキシコの伝統的な市場は、プレヒスパニック時代からほとんど変わりません。

ティアンギスと呼ばれる青空市場は、各地域の慣習によって決められた曜日に通りと通りのあいだに一時的に設営されることが最大の特徴です。食料品、衣料品、手作りのキッチン用品、家電製品、そのほかさまざまなものが売られています。

ポルフィリアートの時代、おもにメキシコシティでは、陳列台と屋根のあるヨーロッパ風の市場がつくられました。現在では、首都だけでなく他の大きな都市でも、フルーツや野菜、肉、魚介類、さらには生きている動物、衣料品、家具まで、ありとあらゆるものが市場で売られています。

レストラン

21世紀になったいまでも、メキシコ人の生活には昔と変わらないたくさんの習慣があります。道端でタマーレス、アイスクリーム、フレッシュチーズ、季節のフルーツジュース、できたてのスナック菓子などを買うのもそのひとつ。その結果、非常にクオリティの高い外食産業というすばらしい文化が生まれました。

メキシコ料理のレストランにはいくつかのタイプがあります。一般的なのは、フォンダスまたはコシナ・エコノミカと呼ばれる小規模な食堂で、家庭的な料理が3品のセットメニューで提供されます。前菜はだいたい牛肉か鶏肉のコンソメパスタスープ、次に米料理かスパゲッティか野菜サラダ、メインディッシュはアルボンディガス（メキシコ風ミートボール）やメキシコ風ピーマンの肉詰めなどです。最後にはデザートが出てきますが、これはオルチャータやハイビスカスウォーター、レモンウォーター、さらにはフルーツウォーターといったドリンクと同じ店側のサービスなので、客が選ぶことはできません。

もうひとつ、メキシコでポピュラーなレストランといえば、アントヒートス・メヒカーノスと呼ばれる大衆的な祝祭料理をふるまう「アントヘリア」です。アントヒートスは、手軽にすぐに食べられるストリートフードで、メキシコの食文化の重要な一部です。たいていは、ピリッと辛いソースがかかった（揚げてあることが多い）トウモロコシがベースのエンチラーダ、パンバソ（メキシコ風焼きサンドイッチ）、トスターダ（揚げトルティーヤ）、トルタス（メキシコ風サンドイッチ）などが売られています。さらに、「タケリア」と呼ばれるタコス専門店もあります。

最後に、「ヌーヴェルキュイジーヌ」をコンセプトとしたメキシコのレストランもあります。そこにはたいてい、伝統的な調理法と食材を使いつづけるレストランで修業したシェフがいます。こうしたレストランのメキシコ産の食材を最大限に生かした革新的なレシピのおかげで、地方の特色を生かしたメキシコ料理は世界でもっともすばらしい料理と認められているのです。またそこで働いている新しい世代のシェフは、ミルパ農園などで修業したわけではないので「伝統料理人」とはみなされていません。ですが、遠い先祖たちへの敬意を忘れずにさまざまな風味を組み合わせることで、伝統的なメキシコ料理が世界の食文化においてもっともすばらしい料理のひとつであることを世界じゅうに知ってもらおうと頑張っています。

ストリートフード

メキシコのストリートフード文化の歴史は、スペイン人たちが到来する以前のプレヒスパニック時代にまでさかのぼります。当時から食料品が売られたり交換されたりしていた市場は、すでに貿易と商業の中心として栄えていました。

プレヒスパニック時代の市場では、新鮮なフルーツや野菜、穀物、肉、魚、香辛料、ハーブなどのさまざまな食料品が売られ、人々は市場に集まって食材を買ったり、その場で料理された食事を楽しんだりしていました。

スペインの植民地になってからは、土着の文化とスペインや他のヨーロッパ諸国の文化が交ざり合ったメキシコの料理文化が生まれました。調理技術、食材、香辛料が融合し、多様性に富んだ独自のメキシコ料理ができあがったのです。

時が経つにつれてさまざまな影響を受け、メキシコのストリートフードはより豊かになりました。

こうした文化の融合から、メキシコを象徴する料理が誕生します。19世紀、メキシコでは都市化が進み、ストリートフードは労働者にとって安くて手っ取り早い食事となりました。こうして屋台が増えていき、さまざまな料理を提供するようになり、多くの人々を惹きつけるようになったのです。

ストリートフードは、9月16日のメキシコ独立記念日のセレモニーのような国をあげたイベントやフェスティバルの際にもよく見られます。

伝統的な行事のときにも数々の屋台が出るので、特別料理やその行事にちなんだ料理を食べる機会になります。

最近では、伝統的なメキシコ料理だけでなく、クレープやハンバーガー、寿司、ピザなど、世界じゅうの料理を楽しむこともできます。

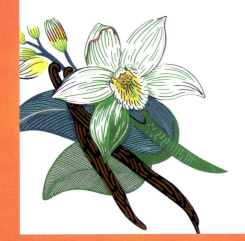

ストリートフード

お昼にも、仕事終わりにも、夜にも、
ストリートフードはメキシコ人の生活に欠かせません！

賑わいを見せるメキシコの通りに必ずあるストリートフードのひとつが、メキシコ料理の象徴、タコスです。タコスの具材(肉、野菜)とソースの組み合わせは無限です。

タコス

風味豊かでスタミナのつく食べ物です。具材はチーズ、鶏肉などの肉類、タマネギ、キノコなど。

トスターダ

カリカリした食感のおいしいトスターダは、肉、アボカド、魚介類、チーズ、フリホレス（インゲン豆のペースト）などが入っています。

エスキテスもしくはエローテス

茹でたトウモロコシの実を使ったシンプルな料理で、チーズ、レモン、唐辛子で味付けされています。

タマーレス

トウモロコシの生地に肉、ソース、チーズ、野菜などを慎重に詰めて、トウモロコシやバナナの葉で包んで蒸し焼きにした料理。

ゴルティータ

肉、豆、チーズなどが入った分厚いトルティーヤを焼いたゴルティータは、スパイシーなソースと生クリームをかけて食べます。

エスキテス

材料(4人前)

ホワイトコーンの実の部分…500g
タマネギ…½個（みじん切り）
エパソーテ…小さじ1（お好みで）
ハラペーニョ…1個（みじん切り・お好みで）
バター…大さじ3
レモン
塩
水…200ml

1. フライパンを熱してバターを溶かし、タマネギが透明になるまで炒める。
2. ホワイトコーンとハラペーニョを加えて炒める。
3. 水を200ml加え、20分ほど煮込み、エパソーテを入れる。
4. 塩で味をととのえる。
5. レモンを添えて完成。

主な生鮮食品

唐辛子
（アルボル、ハバネロ、ハラペーニョ、ポブラノ、チリセラーノ、青唐辛子など）

唐辛子はメキシコの食と文化に欠かせない食材。

ノパル
（ウチワサボテン）

6月を過ぎると新鮮なノパルを手に入れることができます。またさまざまなブランドの水煮の缶詰も売られています。

トマティーヨ

缶詰が手に入れやすいですが、旬の時期には生のトマティーヨを買うことができます。トマティーヨの代わりにグリーンゼブラトマトを使うことも可能です。その場合はトマティーヨ独特の酸味を再現するために酢を少々加えるといいでしょう。

トウモロコシ

メキシコ料理の主役です！

パクチー
スペイン語圏では「シラントロ」と呼ばれます。メキシコの一般家庭ではとてもポピュラーな食材です。

レモン
パクチーと同様、タコスやセビーチェ、シーフードのソースに欠かせない食材。

プランテン
アフリカ料理から受け継がれた食材で、メキシコ沿岸部の料理に多く使われます。

ハヤトウリ

バナナの葉
タマーレスを包んだり、肉をオーブンで焼くときによく使われます。

グアバ

トマト
シクトマトル（アステカ語でトマトの意）はメキシコ料理になくてはならない存在です。ソース、煮込み料理、タコス、エンチラーダなど多くのレシピで使われさます。

オアハカチーズ
ストリングチーズの一種で、地域によってはケスィージョという名前で知られています。

マンゴー

パネラチーズ

香辛料とハーブ

香辛料とハーブはタコスやサルサ、
その他のメキシコの定番料理に欠かせない食材です。

アチョーテ

ユカタン地方のオレンジ色のスパイスで、アンナトという植物の種から作られます。料理の色付けと風味付けに使われます。

ディル

マリネ液やソースによく使われるハーブです。

アニス

さまざまな料理や飲み物、デザートの香り付けに使われます。

バジル

ソースやスープにさわやかな風味をもたらすハーブ。

セイロンシナモン

アトーレやチャンプラード（ホットチョコレート）といった温かな飲み物やチュロスやブニュエロといった伝統的なお菓子に優しい風味と香りを加えるために使われます。

カカオ

チャンプラードなどの伝統的な飲み物から、チョコレートタマーレスやモレ・ポブラノといった代表的なデザートや複雑な料理のベースとなる、メキシコ料理には欠かせない食材です

チャヤ

ユカタン地方原産の植物で、栄養価が高く薬効があるため、メキシコの郷土料理で広く使われています。とくに、タマーレス、スープ、ソースで多用されます。

クローブ

モレ・ポブラノ、タマーレスといった料理やポンチェ［メキシコでクリスマスに飲まれる、フルーツを入れたホットドリンク］などの温かな飲み物に使われ、独特の香りを加えます。

クミン

とくに、北部の料理（タコス、エンチラーダ、ポソレ、モレソースなど）の基本的食材です。

エパソーテ

「偽のアンブロシア」という異名をもち、タマーレス、ソース、スープ、黒豆料理に使われます。食用の歴史はプレヒスパニック時代までさかのぼり、その強い風味は本格的なメキシコ料理の特徴ともいえるでしょう。

アボカドの葉

ほのかにアニスの香りと青くさい風味を与えるハーブです。

メキシカンペッパーリーフ

アニスやリコリス、ミントの香りに似ているハーブ。そのままでも乾燥させても使えるので、刻んで料理に入れたり、食材を焼くときに包むために使ったりすることもできます。

コリアンダーシード

チリパウダーなどの伝統的なミックススパイスのベースとして使われます。

ローリエ

ブイヨンスープ、ソース、ポソレやビリアなどの煮込み料理によく使われます。

メキシカンオレガノ

生のまま、あるいは乾燥させて、タマーレスやソース、マリネ液などによく使われ、伝統料理には欠かせません。

パパロ（キルキーニャ）

別名パパロケライト。メキシコ原産のハーブで、ミント、レモン、ペッパーに似た独特の香りと風味をもっています。タコス、タマーレス、ケサディーヤなど、メキシコを代表する料理に使われます。

タバスコペッパー

メキシコのタバスコ州原産。刺激的かつフルーティーな風味で、多くのメキシコ料理に使われています。そのまま、または粉末の状態で料理に入れると、メキシコ料理に特徴的なホットさを加えることができ、さらに風味を引き立てます。

チリパウダー

ありとあらゆるメキシコ料理を引き立てる必須アイテム。アンチョ、ワヒージョ、パシーヤ、チポトレといった唐辛子で作られていて、ソース、マリネ液、煮込み料理、肉料理、スープ、そしてキャンディーにも使われます！

メキシコの食材、食品

これがあるとおいしいメキシコ料理ができます!

カカオ

メキシコの国産カカオは、マヤ文明やアステカ文明の時代から先住民たちによって栽培されてきました。カカオは神聖な飲み物としても宗教儀式で飲まれていましたが、その後、通貨として使われるようになりました。

カヘタ

山羊のミルクに砂糖を入れてじっくり煮込んで作るキャラメル。バニラのような風味で、クレープやチュロス、フルーツなどメキシコのデザートのトッピングとして人気です。

食用石灰

メキシコでは「カル」と呼ばれています。トルティーヤやタマーレスなどの原料であるトウモロコシ粉のアルカリ化処理(ニシュタマリゼーション)に使われます。また風味や食感をよくするために、テハテやポソールといった伝統的な飲み物に入れることもあります。

メサ・チョコレート

メキシコの伝統的なチョコレートの一種。おもにホットチョコレートなどの温かい飲み物に使われます。

クラマト

メキシコ発祥の大人気ドリンク。トマトジュース、ハマグリエキス、スパイスなどの調味料で作られています。ミチェラーダなどメキシコのカクテルのベースとして使われることでも知られ、独特の塩味、辛味、旨味があります。

保存食(ホワイトコーン、ノパル、カボチャの花、ウイトラコチェ、ハラペーニョ)

メキシコで親しまれている保存食は、本格的で実用的。どんな料理にも使い勝手が良く、食卓を豊かにしてくれます。

ホットソース(ハバネロ、マチャ、ベルデ、タケラなど)

ホットソースはメキシコ料理に欠かせません。料理にさまざまな辛さや風味を与えてくれます。

マサ粉

食用石灰でアルカリ化処理した乾燥トウモロコシを挽いた粉末食品。この粉に水を加えてこねたものが、トルティーヤやタマーレスの生地(マサ)となります。それ以外にも、さまざまな料理に使うことができる便利な食材です。

乾燥トウモロコシ

貯蔵するため、あるいはそのまま使うためにトウモロコシを乾燥させ、アルカリ化処理したもの。乾燥トウモロコシは粉末にしてマサ粉にしたり、メキシコの伝統的なスープ料理であるポソレなどに使われたりします。

ポッシュ

メキシコ南部チアパス州由来の伝統的なアルコール飲料。トウモロコシ、サトウキビなどの穀物を発酵させて造ります。その土地ならではのフルーツや香草で香りを加えることもあります。最近では、チアパス州の伝統のシンボルとして、その独特な風味や文化的意義がふたたび注目されています。

乾燥唐辛子
（アンチョ、パシーヤ、ワヒージョ、ムラート、モリータ、ハバネロ、ハラール、アルボル、チポトレなど）

メキシコ料理の乾燥唐辛子には何千年も前にさかのぼる古い歴史があります。マヤ文明やアステカ文明などのメソアメリカの時代から、すでにさまざまな種類の唐辛子が食用として流通していました。保存や輸送が容易な乾燥唐辛子はとりわけ貴重で、旅や貿易に欠かせない食材でもありました。さまざまなメキシコ料理に豊かな風味、辛味、香りを与えてくれる乾燥唐辛子は、現在もメキシコ全土で親しまれています。

プルケ

「アグアミエル」と呼ばれるアガベ（リュウゼツラン）の樹液を発酵させて造るメキシコの伝統的な飲み物。先コロンブス期のメキシコで生まれたプルケは、マヤ文明やアステカ文明においては宗教儀式で飲まれていました。微発泡でアルコール度数は低く、とろりとした舌触りが特徴です。かすかに酸っぱい風味があり、冷やしてそのまま飲むか、フルーツやハーブで香り付けしてもおいしく飲めます。

ソトル

メキシコ北部に古くから伝わる蒸留酒。普通のリュウゼツランで作られるテキーラやメスカルとは違い、ソトルはリュウゼツランの一種である「ダシリリオン・ウィーレリー」という特定の植物の幹から抽出した樹液を蒸留し、熟成させた飲み物です。たいていはストレートで飲まれます。

トスターダ

メキシコでポピュラーなトルティーヤのスナック。コーントルティーヤを揚げるか、カリカリになるまで焼くかして、その上にインゲン豆、牛肉、野菜、クリームチーズ、サルサをのせて食べます。カリッとした食感とさまざまな食材の組み合わせを楽しめるので、これひとつでメキシコ料理を堪能することができます。

小麦粉トルティーヤ

メキシコ料理を代表する小麦粉トルティーヤ。タコス、ブリート、ケサディーヤなどによく使われ、ソフトな食感とコーントルティーヤとはちがう風味が特徴的です。

トウモロコシの葉

タマーレスなど具材を包む料理に使われます。ほのかにトウモロコシの風味を加えたり、調理中に水分量を調節するのに役立ちます。自然の資源を独創的かつ大切にリサイクルする、メキシコの食文化のよい例です。

トトポス

三角形のコーントルティーヤをカリッと揚げるか焼くかしたもので、サルサ、ワカモレ、インゲン豆などといっしょに食べます。チラキレスのベースとしても知られています。

バカノラ

メキシコ・ソノラ州のお酒で、「パシフィカ」もしくは「ヤキアナ」というアガベで造ります。メスカルやテキーラとちがって伝統的な蒸留方法が用いられ、独特の風味があります。

調理器具

ソースボート（サルセラス）

メキシコ料理に添えるサルサなどのソースを入れるために特別に作られた容器。

銅製の鍋（カゾ）

メキシコの伝統的な銅鍋で、モレ、ビリア、カルニタスなどの大皿料理を作るときに使います。熱伝導率が高く、ムラなく、おいしく加熱することができます。

土鍋（カスエラ）

カスエラ・デ・バロはメキシコの伝統的な土鍋です。保温性が高く、熱が均等に保たれるため、さまざまな料理に使われ、そのまま出されることもあります。

乳鉢と乳棒（モルカヘテ）

メキシコ料理の香辛料やハーブやソースの材料を粉砕したりすりつぶしたりするために使われる、伝統的な火山岩の乳鉢と乳棒。

泡立て器（モリニージョ）

ホットチョコレートなどの温かい飲み物を作るときに使う伝統的な木製の泡立て器。手のひらに挟んでくるくる回しながら材料をかき混ぜ、泡立てます。

トルティーヤバスケット（チキウイテ）

トルティーヤやフルーツ、野菜を保存したり運んだりするために使われる伝統的な編みかご。アガベやヤシなどの天然繊維から作られ、カラフルな模様が施されています。

石台（メタテ）

トウモロコシの粒などを挽くのに使われる伝統的な挽き臼。一般的に、「メタテ」と呼ばれる表面がへこむようにカーブした大きな石の台と、メタテに食材をこすりつけて粉砕するための「マノ」と呼ばれる円筒形の石がセットになっています。

吹きガラスのピッチャー

手作りの吹きガラスのピッチャーで、カラフルな模様や伝統的な模様が施されています。アグア・フレスカ（メキシコのフルーツドリンク）やフルーツジュースなどの冷たい飲み物を入れるときに使います。

素焼きのフライパン（コマル）

素焼きあるいは鉄や鋳鉄でできた円形の平たいフライパン。トルティーヤや野菜や肉などを焼いて調理するときに使われます。

トルティーヤプレス
トルティーヤの生地を平らに延ばし、丸く均一にするための器具。木製、プラスチック製、金属製など2枚のプレートでできており、たいていは持ちやすいように取っ手がついています。

レモン搾り器
取っ手が2つついていて、穴が空いた円錐形の小さな器具です。

マッシャー
豆をつぶすために必要なマッシャーは、インゲン豆のペーストを作るときに欠かせません。

トウモロコシ

メキシコには「あなたはあなたが食べたものでできている」という有名なことわざがあります。だとしたら、メキシコ人はトウモロコシでできているといえるでしょう。

トウモロコシは人間の手を加えなければ繁殖できない植物です。トウモロコシは、テオシントと呼ばれる原種から、何千年にもわたって人の手で栽培されてきました。

メキシコの人々にとってトウモロコシは「人の手で作られた植物」です。メキシコ産のトウモロコシはメキシコ人の主食でもあります。59ものメキシコ在来種がありますが、全体では、白、黄色、青、赤などさまざまな色の品種が1200以上もあるといわれています！

メキシコを代表する作物のトウモロコシは、国の経済、社会、文化を支えています。国内で生産されているトウモロコシはホワイトコーンとイエローコーンに分けられ、ホワイトコーンはおもに人間の食用ですが、イエローコーンは家畜の飼料や、工場でも使われます。

マヤ文明の人々はトウモロコシを命の源とみなしていました。16世紀に書かれた『ポポル・ヴフ』のマヤ神話には、トウモロコシの神である双子の英雄が、トウモロコシから人間を創造したと書かれています。

伝説によると、メソアメリカ文明の時代、メキシコ中部のアステカ人たちは、トウモロコシの粒を拾いに行くために、山を切り開き、道をつくってほしいと神々に頼みました。しかし、神々にはそれができなかったので、次にアステカ人はメソアメリカ文明のもっとも強力な神であるケツァルコアトルに祈りをささげることにしました。こうしてトウモロコシは敬意と賞賛の対象とされ、人々の生活に溶け込んでいったのです。そのやり方や規模はさまざまですが、歴代の君主たちはトウモロコシとの神話的なつながりをつくりあげ、ときには、自分は死んだらトウモロコシの神になると公言することもありました。

こういった文化が継承された結果、ニシュタマリゼーションという技術が生まれました。先祖代々受け継がれてきたこの技術は、現在でも、メキシコ全土のさまざまな民族や文化を支えています。ニシュタマリゼーションは社会的な区別に関係なく、まさにメキシコの食文化をつくりあげたといえるでしょう。

唐辛子

唐辛子はメキシコのアイデンティティと
無形文化遺産であるメキシコの伝統料理の一部です。
メキシコ料理に特徴的なモレ、マリネ液、ソースに欠かせない食材で、
料理に独特の風味、食感、色、そしてスパイシーな刺激を与えます。

メキシコ料理の90％に唐辛子が使われていることをご存じですか？　その呼び名(chili)はナワトル語に由来し、メキシコのテワカンやタマウリパスなどの地方で紀元前7000年ごろから栽培されていたといわれています。唐辛子は1803年にメキシコを代表する植物に認定されました。

古代の人々は唐辛子を、ココック(辛い)、ココパティック(激辛)、ココパラタック(超激辛)のように辛さによって分類しました。メキシコは唐辛子の種類がもっとも多様な国ですべての州で栽培されていますが、おもな生産地としてはチワワ、シナロア、グアナフアト、サカテカス、ソノラなどがあげられます。

代表的な品種を紹介します。

ハラペーニョ：緑または赤色、大きさは中くらいで、あまり辛くありません。
セラーノ：小さいけれど、ハラペーニョより辛く、たいていは生のまま使われます。
ポブラノ：比較的大きくマイルドな辛さ。乾燥させたものは「アンチョ」と呼ばれています。
アンチョ：ポブラノを乾燥させたもの。マイルドでフルーティー。
パシーヤ：土臭く甘みのある乾燥唐辛子。
チポトレ：乾燥させ燻製させた唐辛子。辛さは中～強。
アルボル：小さくとても辛い。辛口にしたいときに使います。
ムラート：アンチョに似た唐辛子。チョコレートのような深い風味。
ワヒージョ：フルーティーで中くらいの辛さ。ソースによく使われます。
ハラペーニョ：とても辛く、小さくて丸い。これもソースによく使われます。

メキシコの唐辛子は国産品種が64、派生種もあわせると200種類以上もの品種があり、さまざまな料理に幅広く使われています。

ノパル（ウチワサボテン）

ノパルは約2万年の歴史をもっています。
ノパルが食べられるようになったのは、
メキシコ盆地にはじめて降り立ち、狩猟や採集をして暮らしていた最初の入植者たちが
さまざまなサボテンを食べはじめたのがきっかけといわれています。

ノパルの栽培がはじまったのは約9000年前と考えられています。ノパルは、マゲイ（アガベ）やトウモロコシやインゲン豆と同じように、半遊牧民であるチチメカ人の主食でした。ナワトル語で「バーバリのイチジク（ウチワサボテンの実）がなる木」という意味の「ノーパリ」から派生してスペイン語で「ノパル」と呼ばれるようになりました。

現在、メキシコには野生のノパルも生えているため、メキシコはノパルの生産においては世界でもっとも多様であるとともに、生産量ももっとも多くなっています。また、ノパルは南スペイン、フランス、ギリシャ、イタリア、トルコからイスラエルまで地中海沿岸全域にも見られます。低カロリーで95％が水分でできており、水溶性食物繊維が豊富なので血糖値を安定させる働きがあって、糖尿病に効く食材とされています。そのほか、カルシウム、鉄分、タンパク質、糖質、ビタミンCなどの栄養素が含まれています。

ノパルにはさまざまな食べ方があります。炒めたり、焼いたり、スープにしたり、その調理法はほかの野菜とほぼ同じ。果肉はトゥナと呼ばれ、そのままジュースにしたり、ジャムにしたりすることもできます。ノパルは歯ごたえのある食感と軽い酸味で独特の風味があるため、「これぞメキシコ料理」といったメニューにはもってこいの食材です。

パン

パンはメキシコ人の日常生活に欠かせません。
それだけでなく、守護聖人祭などの伝統的なお祭り、結婚式や洗礼式など家族の祝い事でもかならず出されます。

諸聖人の日では、メキシコの各地でパン・デ・ムエルト（死者のパン）が供えられます。クリスマスのパンもあり、とくにエピファニー（公現祭）のパン「ロスカ・デ・レジェス」が有名です。

メキシコにおけるパン作りの歴史は、土着の文化、スペインの影響、そして何世紀にもわたる人々の進化が組み合わさって築かれてきました。パン作りはメキシコの食文化に重要な足跡をのこし、その多様性は、今も無形文化遺産として高く評価されています。メキシコのパンの歴史はプレヒスパニック時代にまでさかのぼります。古代の人々は、すでに穀物を栽培し、それを加工してパンを作っていたとされています。

カスティーリャ人が到来するまで、メキシコの先住民たちはトウモロコシやアマランサス、インゲン豆などの穀物を使ってパンを作っていました。なかでもトウモロコシは基本食材で、今でも、トルティーヤ、タマーレス、トラコヨ、その他多くの料理の平たいパンに使われます。16世紀、現在のメキシコの地にスペインのコンキスタドール（征服者）が上陸し、新しい材料や調理法が持ち込まれました。小麦、酵母、そして新しいレシピをもたらしたカスティーリャ人たちのおかげで、より手の込んだパンの製法が可能となりました。

昔ながらの材料や技術を踏襲しながらも、メキシコのパン作りに少しずつスペイン料理の要素が取り入れられました。新しいレシピがいくつも開発され、植民地時代にはメキシコの都市部にパン屋ができました。こうしてパン屋は、メキシコの人々にとって、焼きたてのパンやケーキ、他の食品を買うことのできる重要な場所のひとつとなったのです。19世紀から20世紀にかけて、パン屋はさらに発展します。現在では伝統のパンからケーキ、ビスケット、さらには定番のデザートまで多種多様なものが売られ、メキシコ人の食文化の一翼を担っています。

ソース

メキシコ料理にソースは欠かせません。メキシコの各家庭では、食事のはじめからソースの入った皿が少なくともひとつは食卓に置かれています。難しいのはソース選びです。食材は生のまま食べるのか、焼いて食べるのか、茹でて食べるのか？ソースに使われるのはトマトなのか、トマティーヨなのか？　生の唐辛子か、乾燥唐辛子か？ハーブかスパイスか？

どんな家庭にも自家製のソースがあります。わたしのおばは、辛さを調整するためにハバネロソースに砂糖を少し加えていました。また義理の姉は、ホットソースにスモーキーな香りをつけるために、ソースに加える前にワヒージョをいつもローストします。メキシコの家庭のオリジナルソースはじつにバラエティ豊かです。

ハバネロ・サルサ

材料(6人前)
ハバネロ…5個(ヘタと種を取り除く)
ニンジン…2本(皮を剥き、大きめの角切りにする)
ニンニク…1片
小タマネギ…½個(粗みじん切り)
レモン…2個分の果汁
リンゴ酢…½カップ
塩…適量

1. 小鍋で湯を沸かし、ハバネロとニンジンを入れる。中火で10分、もしくはニンジンがやわらかくなるまで茹でる。
2. ハバネロとニンジンをざるにあげて水気を切り、ミキサーに入れる。
3. そこにニンニクとみじん切りにしたタマネギ、レモン果汁、リンゴ酢、塩ひとつまみを加える。
4. すべての材料がなめらかになるまでミキサーで撹拌する。
5. ソースを味見して、塩やレモン果汁、酢で味をととのえる。
6. 煮沸消毒した密封瓶に入れ、冷蔵庫で保存する。ハバネロソースは冷蔵庫で数週間保存可能。
7. 風味豊かなスパイシーなソースを好きな料理にかけてめしあがれ！　辛味が非常に強いハバネロは、皮膚や目を刺激することがあるため、手袋を使うとよい。

サルサ・ベルデ

材料(4人前)

トマティーヨ…4個(皮を剝いておく)
生のハラペーニョ…1個(辛くないほうがよければ種を取り除く)
小タマネギ…½個(粗みじん切り)
ニンニク…1片
パクチー…ひとつかみ
レモン果汁…適量
塩…適量

1. トマティーヨを大きめのざく切りにする。
2. トマティーヨ、ハラペーニョ、タマネギ、ニンニク、パクチーをミキサーに入れる。
3. そこに塩をひとつまみ、レモン果汁を適量加える。
4. すべての材料がなめらかになるまでミキサーで撹拌する。
5. より濃厚な舌触りがお好みなら、ミキサーにかける前に材料をつぶしておくとよい。
6. 味見して、塩とレモン果汁で味をととのえる。
7. 容器に移してすぐに食べるか、密封容器に入れて冷蔵庫で保存して3日以内に食べる。
8. お好みの料理に添えて、めしあがれ!

お祭りの食事

カラフルなメキシコのお祭りは、
国の風習に深く根づいている伝統文化です。

メキシコでは各地でお祭りが一年じゅう行われていて、歴史、音楽、ダンス、色彩、そしてもちろん料理も多種多様です。お祭りは、地域社会全体で、家族や友人とともに祝う特別な機会ともいえます。

もっとも有名なお祭り

メキシコのどの村にも、その地域を守護する聖人がいます。守護聖人祭は、その聖人に対する奉仕と感謝を目的としたお祭りで、毎回盛大に祝われます。すばらしい伝統料理にも出合えるでしょう！

ゲラゲッツァは、毎年7月後半の2度の月曜日にオアハカ州で行われるお祭りで、オアハカのさまざまな文化と民族に触れることができます。民族舞踊が披露され、モレ・デ・オアハカ（唐辛子とスパイスのソース）やメスカル、トラユーダ（オアハカの特産品で作られたコーントルティーヤ）がふるまわれます。

11月1日と2日には、亡くなった愛する人を忍び、故人に敬意を表する死者の日のお祭り（ディア・デ・ムエルトス）が開かれます。供え物をした祭壇を家に飾り、墓地に行って、お花や故人が好きだったものを捧げます。あちこちで陽気な音楽が流れ、カラベラと呼ばれるガイコツのモチーフが街じゅうにあふれかえり、パン・デ・ムエルトがふるまわれるカラフルなお祭りです。

12月12日はグアダルーペの聖母の日のお祭りです。これはメキシコでもっとも重要な宗教行事のひとつです。メキシコの守護聖人であるグアダルーペの聖母を尊び、各地で巡礼、ミサ、音楽やダンスのコンサートなどのイベントが行われます。この日はみんな、タマーレス（トウモロコシの蒸し料理）など、昔ながらのメキシコの伝統料理を食べます。

12月16日～24日には伝統的なポサダが行われます。これは、ナザレからベツレヘムまで宿を探したマリアとヨセフの旅になぞらえた、クリスマスのお祭りです。

死者の日のお祭り

カラフルなメキシコのお祭りは、
国の風習に深く根づいている伝統文化です。

11月1日と2日にメキシコの各家庭で「死者の日」のお祭りが祝われ、家族が集まり、愛する故人を思い出して讃えます。この日は、死者の霊がこの世に戻ってきて、家族を訪ねて供え物を受け取ると信じられています。

死者の日にはたくさんの料理がふるまわれます。その代表的なものをいくつかご紹介しましょう。

パン・デ・ムエルト：この日のために特別に作られる甘いパン。死者を象徴した形をしていて、表面には砂糖の粉がまぶされています。祭壇（オフレンダ）の中央に置かれ、お祭りに欠かせません。

タマーレス：トウモロコシの生地で作られるタマーレスは、肉や野菜やフルーツなどを詰めた生地を蒸し焼きにした料理。地域ごとに多種多様で、その地域の伝統や特定の嗜好を反映しています。

シュガースカル：ガイコツの形をしたカラフルな砂糖菓子。死者を祝うために祭壇に飾られます。

アトレ：トウモロコシから作られるバニラやチョコレート風味の温かい飲み物。料理といっしょに出され、家族が集まったときにはとくに多く飲まれます。

モレ：カカオと香辛料で作る、風味豊かでスパイシーなこのソースは、鶏肉や豚肉料理でよく使われます。メキシコでは地域ごとにモレがちがい、それぞれのユニークな味わいを楽しむことができます。

地方ごとに、その土地のフルーツや香辛料をふんだんに使った地域ならではの宗教儀式のためのパンもあります。それぞれの地域の伝統と食材を尊重するメキシコ料理は、とてもバラエティ豊かです。

その豊かさは、たんに使われる食材が多様だというだけではありません地域ごとに祝い方がちがうことから、ふるまわれる料理にもちがいが出てくるのです。死者の日は、全国各地で驚くほど変化に富んだ意義深いメキシコの食文化のお祭りの日ともいえるでしょう。

おもな調理法とレシピ

ソースを作るためのモルカヘテの使い方から、
チリ・レジェーノの繊細な包み方にいたるまで、
メキシコ料理は独特かつ緻密な調理法に特徴があります。
これらのレシピを通して、
メキシコの伝統的な調理技術の魅力的な世界を堪能してください！

ニシュタマリゼーション

偶然発見されたと思われるニシュタマリゼーションは、まず加熱し、
そのあとで水酸化カルシウム（食用石灰）もしくは木灰を加えたアルカリ性の水溶液に
トウモロコシの粒を浸すという調理工程です。アルカリ性の水溶液は
トウモロコシの果皮（外皮）を「剝き」やすくし、その結果、作業がより効率的になるだけでなく、
トウモロコシの栄養素を無駄にしないというメリットもあります。
メソアメリカの人々の主食は、インゲン豆とニシュタマリゼーションされたトウモロコシでした。
この食材を組み合わせると完全なタンパク源となります。
また、トウモロコシを豆やカボチャといっしょに食べるのは
「ミルパ・ダイエット」と呼ばれる伝統的な食餌療法のひとつとされ、
代謝がよくなり、デトックス効果もあります。

トウモロコシのマサ

材料(4~6人前)
乾燥トウモロコシ…1kg
食用石灰…15g
水…4l
冷水…大さじ2

1. プラスチック容器に冷たい水大さじ2を入れて、食用石灰を溶かす。こうすることで食用石灰と水が合わさり、水酸化カルシウムができる。
2. トウモロコシを洗って不純物を取り除き、4lの水を入れた鍋に入れる。そこに水酸化カルシウムを加えて約1時間、またはトウモロコシの皮が剥がれてくるまで茹でる。
3. 火からおろし、最短でも12時間は寝かせたあと、トウモロコシをざるにあげ、よく洗う。粒同士をこすって皮を剥がすことで挽きやすくしておく。
4. トウモロコシの粒を石臼で挽き、水を加えてペースト状(マサ)にする。
5. 完全にペースト状になったら、ふたたび石臼にかけ、粘土のような生地になるまで挽きつづける。その段階になると発酵がはじまる。
6. 生地をすぐに使わない場合は、ラップにくるんで冷蔵庫で5日間保存可能。冷凍することもできる。
7. 伝統的な方法は時間もかかり、作り方も複雑。ニシュタマリゼーション済みのコーンフラワーを店で手に入れることができるようなら、伝統的な方法で作る生地とまったく同じものが作れるわけではないが、手っ取り早く調理するのに便利。

メタテアド

マノもしくはメトラピルと呼ばれる円筒形の石を使って
メタテ(石台)の表面で食材を「こする」あるいは「すりつぶす」ことを
「Metatear (メタテアル)」といい、その調理法を「メタテアド」といいます。
行ったり来たりする動作によって、
食材が粉状あるいは細かいペースト状になるのです。
メタテはメキシコに古くからある伝統的な調理器具で、
伝統的な風味と昔ながらの調理法を守るため、
いまでもメキシコ料理に使われています。

手作りメサ・チョコレート

材料(4~6人前)

カカオ豆…250g
シナモンパウダー…小さじ1
砂糖…適量
メタテ…1つ (p.44参照)
石を温めるための固形燃料…1缶

1. カカオ豆の皮を剥きやすくするために、フライパンで混ぜながら煎る。煎り終わったら、フライパンから取り出して冷ましておく。
2. そのあいだに、メタテの下に固形燃料を置き、石を温める。
3. カカオ豆が冷めたら皮を剥き、温めたメタテの上でマノ(メトラピル)を使って砕く。
4. ペースト状になったら、シナモンと砂糖を加え、よく冷ましたらピンポン玉くらいの大きさに丸める。
5. 涼しい場所で保存する。ホットミルクやお湯に溶かしたら、ホットチョコレートのできあがり!

トルティーヤ作り

アステカ文明の人々は、コーントルティーヤを
ナワトル語で「加熱したもの」という意味の「Tlaxcalli (トラシュカリ)」と呼んでいました。
コーントルティーヤははるか昔から現代にいたるまで
メキシコの一般家庭の主食となってきました。
メキシコでトルティーヤについて語ることは、
数千年にわたる文明、トウモロコシの栽培や調理、貯蔵、
加工の方法に関わる数々の伝統について語ることを意味します。
現在ではメキシコのコーントルティーヤの大半は
機械を使って製造されていますが、いまでも伝統的なやり方で
コーントルティーヤを作っている家庭もあります。
たとえ機械を使っていたとしても、伝統的なレシピでは
いまでもニシュタマリゼーションの技術が使われているのは
とても興味深い点です。

コーントルティーヤ

材料(4~6人前)
ニシュタマリゼーション済みのマサ粉、またはコーンフラワー…1kg (p.63参照)
水(必要に応じて)
チャック付きポリ袋…1袋
トルティーヤプレス(なくても可) (p.45参照)

1. コーンフラワーに少しずつ水を加えて粘土状の生地になるまで練る。もしコーンフラワーの袋に説明が載っていたらそれに従う。生地が手にくっつかず、押してもひび割れない程度の硬さにするのがコツ。
2. トルティーヤプレスを準備する。トルティーヤプレスに合った大きさのポリ袋を用意して、開口部から両脇を切り、三辺が開いた状態にして、プレス機の中に置く。約40gのボール状に丸めた生地をポリ袋のあいだに入れ、プレス機を閉じてプレスする。プレス機を開けて、平たくなった生地を剥がす。
3. 熱したフライパン、またはクレープパンで生地を約1分間焼く。一度ひっくり返し、さらに1分間焼き、皿にあげる。食べるまでに冷めないように、キッチンタオルなどをさらにかぶせて保温しておく。

豆知識

トルティーヤプレスがない場合は、2枚のまな板に生地を挟み、両手でプレスして平らにします。

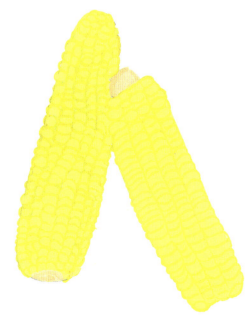

ピブ

ムクビル、またはピビルは、メキシコ・ユカタン半島の伝統料理で、
トウモロコシの生地に鶏肉や豚肉などのさまざまな具材を詰め、バナナの葉で包んで、
マヤから伝わる伝統の窯でゆっくりと焼いた料理です。この調理法は「ピブ」と呼ばれています。

ムクビルチキン

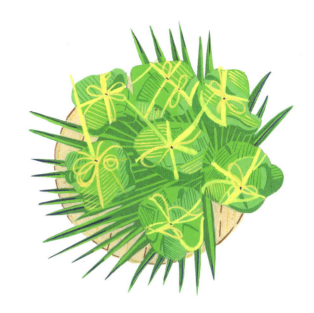

材料(8~10人前)

鶏肉…½羽(皮は取り除く)
豚バラ肉…500g
ニシュタマリゼーション済みのマサ粉…2kg
アチョーテペースト…120g
刻みトマト…4個分
ニンニク…4片
タマネギ…½個
ローリエ…5枚
乾燥オレガノ…小さじ1
ラード…200g
塩…小さじ1½
コショウ…小さじ1
バナナの葉

1. アチョーテペースト100gを水で溶かす。
2. 鍋に豚肉、タマネギ、オレガノ、塩、コショウ、ニンニク、ローリエを入れ、水を加えて煮込む。30分経ったらそこに鶏肉を入れて、ひと煮立ちしたら、先ほど溶かしたアチョーテペーストを加え、さらに1時間ほど煮込む。火が通ったら肉を一度取り出して、繊維に沿って裂いていく。マサ粉50gを鍋に入れて煮汁にとろみをつけたら、裂いた肉を鍋に戻す。
3. 残りのマサ粉にラード、アチョーテペースト20g、煮汁¼カップを加えて生地を作る。
4. オーブンを200℃に予熱する。
5. 耐熱皿に敷いたバナナの葉の上に、生地を広げる。
6. 生地の上に煮込んだ肉、刻みトマトをのせて、ふたたび生地で覆う(ラザニアのように!)。
7. バナナの葉で蓋をする。
8. オーブンで1時間半加熱する。焼きあがったら、人数分に切り分けて皿に盛り、サラダを添えて完成。

モレ

モレはメキシコを象徴する料理です。その歴史はプレヒスパニック時代までさかのぼり、名前はナワトル語でソースを意味する「molli（モリ）」または「mulli（ムリ）」に由来します。その昔、モレは神々へのささげものとして儀式の際にふるまわれました。さらに、スペイン人の到来とともにメキシコにもたらされた新しい食材、コショウ、アニスシード、シナモンがレシピに加わり、その後、鶏肉、牛肉、豚肉なども加えられるようになりました。植民地時代には、プレヒスパニック時代の食文化とヨーロッパの食文化が融合したおかげで、モレに使われる食材も幅広くなり、多種多様なレシピが生まれました。モレの歴史は、メキシコの伝統、風味、郷土、ルーツを物語っています。なぜなら、モレはメキシコの伝統料理として日常的に親しまれているだけでなく、お祭りやキンセアニェーラと呼ばれる女の子の15歳のお祝い、結婚式、葬式といったイベントにも欠かせないからです。モレのレシピはメキシコの家庭の数だけあるといわれています。

リンゴのモレ

材料（6人前）
皮を剥いた黄色リンゴ…3個
ホワイトチョコレート…110g
黄パプリカ…1個
グリーントマト…¼個
タマネギ…100g
ニンニク…10g
乾燥アンチョ唐辛子…80g
ピーナッツ…20g
カボチャの種…20g
カシューナッツ…10g
アーモンド…10g
炒りゴマ…5 g
シナモン…ひとつまみ
アニスシード…ひとつまみ
チキンブイヨン…1l
植物油…70g
海塩…15g
飾り用の黒ゴマと白ゴマ…大さじ2

1. 一口大に切ったリンゴをフライパンで焦がさないように焼く。
2. 別のフライパンに油をひき、タマネギ、ニンニク、グリーントマト、乾燥唐辛子、パプリカをしんなりするまで炒め、そこにピーナッツ、殻を剥いたカボチャの種、カシューナッツ、アーモンド、炒りゴマ、シナモン、アニスシードを加え、焦がさないように弱火で炒める。5分炒めたら、チキンブイヨンを加えて、沸騰する程度に10分間煮込む。中身を鍋からフードプロセッサーに移し、ホワイトチョコレートと先ほど火を通したリンゴを加えて混ぜ合わせる。それをふたたび鍋に戻してもう一度火にかけて沸騰させ、塩で味をととのえたら、さらに15分ほど弱火で煮込む。
3. 鶏肉か牛肉料理に添え、最後にゴマを散らしてできあがり。

タテマド

「Tatemar（タテマル）」とは、ナワトル語で「火にかける」という意味で、その調理法を「タテマド」といいます。
メキシコに古くから伝わる調理法で、直火、もしくは素焼きのフライパン（コマル）を使って食材に焦げ目がつくまで焼くことで風味が増すといわれています。

ベラクルス風白身魚のソテー

材料(4人前)

魚
お好みの白身魚…400g
オリーブオイル…大さじ2
白コショウ…小さじ¼

ソース
強火で焼いたトマト…3個
ピーマン…1個(千切り)
刻みニンニク…1片
タマネギ…½個(みじん切り)
グリーンオリーブ…130g
トマトピューレ…1カップ
ローリエ…2枚
塩…適量

1. 魚の両面にコショウをまぶす。
2. フライパンにオリーブオイル大さじ2をひいて熱し、魚の両面に軽く焼き目がつくまで焼いたら、別の皿によけておく。
3. 同じフライパンでそのままニンニクとタマネギを炒め、あらかじめ強火で焼いて焼き目をつけておいたトマトをカットして加え、2分間炒める。
4. そこにトマトピューレ、ピーマン、ローリエを入れて、トマトに完全に火が通るまで弱火で5分ほど煮る。
5. オリーブと魚を入れて、魚の身がやわらかくなるまで3分ほど煮たら、できあがり。

トルティーヤ・ドラド
（揚げトルティーヤ）

ジャガイモ、トルティーヤ、レタス、サルサ・ベルデを組み合わせた手軽でヘルシーなタコス。
メキシコの一部の地域ではフラウタスと呼ばれ、
食材にはいろいろなものを組み合わせられるので肉を避けたい人にも好まれます。

ジャガイモのタコ・ドラド

材料(4人前)
大きめのジャガイモ…3個
コーントルティーヤ…12枚
ニンニク…1片
レタス
フェタチーズ
サルサ・ベルデ(p.55参照)
生クリーム
揚げ油
塩、挽いた黒コショウ

1. 鍋いっぱいに水を入れる。そこにジャガイモと塩少々、ニンニクを入れて、ジャガイモに火が通るまで15〜20分ほど茹でる。
2. ジャガイモの皮を剥いたら、軽くつぶしてマッシュポテトを作り、塩とコショウで味付けする。
3. トルティーヤにマッシュポテトを少し塗り、くるくると巻いて棒状のタコスを作る。
4. タコスに爪楊枝を刺しておくと、調理中に形が崩れにくくなる。
5. 油を熱して、タコスを揚げる。全体がキツネ色になるように、トングを使ってひっくり返す。
6. キッチンペーパーにあげて余分な油を取ったら、皿に移して、生クリーム、フェタチーズ、レタス、サルサ・ベルデを添えて完成。

豆知識

揚げる前に、タコス全体に油を塗っておくと、カリッとした食感になります。

モルカヘテアド

モルカヘテと呼ばれる乳鉢と乳棒を使って調理することを「モルカヘテアド」といいます。
モルカヘテを使うと特別な風味が生まれるという言い伝えがあり、
メキシコのソース作りにはたいていこの乳鉢と乳棒が使われます。
わたしの母はいつも、モルカヘテを使ってソースを作り、そのままテーブルに出していました。
メキシコの伝統的な家庭ではモルカヘテが食卓の真ん中に置かれています！

ショコノストレ・サルサ

材料(8人前)

チポトレ唐辛子…6個(種はお好みで！)
トマト…4個
ショコノストレ［サボテンの一種］またはウチワサボテンの実(トゥナ)…2個
タマネギ…1個
ニンニク…1片
塩

1. すべての材料をホットプレートで8分ほど焼く。サボテンの棘が手に刺さらないように気をつけて。棘は火を通すと液状になり、簡単にすりつぶすことができるのでご心配なく。
2. 材料をモルカヘテですりつぶし、味をととのえる。完全になめらかにならなくても大丈夫。むしろそのほうが食感を楽しめる。
3. 好きなタコスにこのソースをかけてめしあがれ！

レスコルド（炭焼き）

レスコルドとは「灰の中で加熱する」という意味です。
メキシコでは、この調理法でポップコーンが作られていました。
そう、夜、家族でテレビを見るときに、そして世界じゅうの映画館でも食べられているあのスナックです。
この調理法はまた、ジャガイモやサツマイモ、そして肉料理にも使われます。
灰の中で焼くことで、完璧なバランスの風味をもたらすだけでなく、
ゆっくりと熱を加えることができるので食材のよさを引き出すことができるからです。
そのため、従来の調理法に比べてより複雑な風味と異なる食感が生まれます。
メキシコ中部では、レスコルドしたサツマイモに
ジャムやコンデンスミルクをかけたものが屋台でよく売られています。
屋台が到着した合図の笛の音がすると、老いも若きもみんなこのスナックを求めて集まってきます。

ポップコーン

材料(4人前)

トウモロコシの葉またはスギなどの木灰…500g
ポップコーン用トウモロコシ…250g
海塩またはチリパウダー

180～200℃に熱した木灰の中にトウモロコシを入れる。熱されて弾け出たポップコーンを集め、ふるいにかけて灰を落とす。海塩かチリパウダーで味付けする。

カペアード

食材に溶き卵(小麦粉を少し混ぜることもある)をつけてカリッと揚げる伝統的な調理法を「カペアード」といいます。空気をふくんだような軽い食感が特徴です。
その代表的な料理であるコリフロール・レジェーナは、一年を通してメキシコでよく食べられる料理で、トルティータス・デ・コリフロール(カリフラワーのフリット)という名でも知られています。
カットしたカリフラワーに溶き卵をつけ、カリッとキツネ色になるまで揚げ、
よい匂いのするトマトソースの中に入れて出します。
大衆食堂やレストランでは「カリフラワーのファルシ(詰め物)」という名でメニューに並ぶこともあります。
その場合は、カリフラワーの茎のあいだにチーズを挟んでから揚げ物にします。
この家庭料理は昼ごはんの定番で、全国の手頃なレストランや大衆食堂でも食べることができます。
いつ食べてもいいのですが、とくに毎週金曜日と四旬節の期間には欠かせません。

コリフロール・レジェーナ(カリフラワーのフリット)

材料(4人前)

カリフラワー…1個
フェタチーズ…300g
卵…4個
トマト…500g
ニンニク…2片
小タマネギ…1個
油…500ml + 小さじ1
水…250ml
塩

1. カリフラワーを洗い、小房ごとに分ける。
2. 沸騰したお湯に、カリフラワー、ニンニク1片、小タマネギ¼個、塩大さじ1を入れて茹でる。茹ですぎに注意して、約5分経ったらカリフラワーをざるにあげ、キッチンペーパーで水分を拭き取り、置いておく。
3. 〈トマトソースを作る〉トマト、残りのタマネギ、ニンニク1片、250mlの水をフードプロセッサーにかけ、できたものを、油小さじ1をひいた鍋に移して火を入れる。塩で味付けし、5分間煮たら火を止める。
4. 卵黄と卵白に分ける。卵白をミキサーで硬くなるまで泡立てたら、卵黄を加えて軽く混ぜる。
5. フェタチーズを棒状に切り、カリフラワーの茎のあいだに挟む。それを卵液に浸す。
6. 油500mlを熱して、カリフラワーを揚げる。キッチンペーパーで余分な油を吸い取り、トマトソースをかけて完成。

トウモロコシの葉の蒸し料理（タマーレス）

タマーレスはトウモロコシの葉で包んで蒸した料理です。
その歴史はプレヒスパニック時代にまでさかのぼり、重要なお祝い事や社会的行事、死者への供え物、また大地の豊穣を讃えるために作られたといわれています。カボチャ、唐辛子、トウモロコシといった何世紀も前から存在する伝統的な食材で作られますが、最近は、インゲン豆や豚肉や鶏肉を詰めた生地をトウモロコシやオオバコなどの葉で包んで加熱し、手の込んだソースとともに食べることも多いです。
ほかにも、ニンジン、ジャガイモ、ピーマン、茹で卵が入っているものや、パイナップル、ブドウ、キャラメル、松の実、ピーナッツバターが使われている甘いタマーレスもあります。
定番のものでも500以上のレシピが存在し、さらに地域によっては塩気が利いているもの、甘いものなど、4000以上のバリエーションがあるといわれています。日常の定番料理であると同時にメキシコを代表する料理のひとつであることにまちがいありません。
タマーレスは、メキシコ人のアイデンティティでもあるのです！

チョコレート・タマーレス

材料(小さなタマーレス約50個分)
トウモロコシの葉(p.43参照)もしくはバナナの葉…50枚
ニシュタマリゼーション済みのマサ粉もしくは小麦粉…1kg (p.42 参照)
砂糖…500g
カカオパウダー…150g
ベーキングパウダー…大さじ1
水…1.5l
ラードまたは植物性の油(ココナッツオイルなど)…400g

1. フードプロセッサーでラードが白く泡立つまで攪拌する。ラードの量が倍になったら、マサ粉または小麦粉、カカオパウダー、ベーキングパウダーと水を交互に加えて混ぜ、砂糖を加えてさらに混ぜる。
2. アイスクリームほどの硬さになるまで攪拌する。
3. できあがったタマーレスの生地で好きな材料を包み、さらにそれをトウモロコシの葉で包んで、1時間ほど蒸し焼きにする。

ミショーテ

ミショーテは、もともとはアガベの葉のクチクラ層(一番外側の半透明の膜)を指す言葉です。
ナワトル語で「アガベ」を意味する「Maguey (マゲイ)」と
「アガベの葉の膜」を意味する「xiolt (キシオルト)」という言葉に由来します。
メキシコ中部の古代の村人たちはミショーテを蒸し料理に使っていました。
いまでは、唐辛子のソースで味付けした煮込み料理をアガベの葉で包んだものを「ミショーテ」
と呼んでいます。煮込み料理の具材はほかにも、鶏肉、豚肉、野菜、魚、
エスカモーレ(アリの卵)などさまざまです。

鶏肉のミショーテ

材料(4人前)

鶏ムネ肉、または鶏モモ肉…500g
アンチョ唐辛子…3個(種は取り除く)
ワヒージョ唐辛子…3個(種は取り除く)
ニンニク…1片
タマネギ…¼個
乾燥オレガノ…ふたつまみ(お好みで)
タイム…ひとつまみ
シナモン…½本
塩、コショウ…適量
ミショーテの葉もしくはベーキングシート

1. 唐辛子を沸騰したお湯でやわらかくなるまで10分ほど茹でる。
2. 茹でた唐辛子をミキサーに入れ、そこにタマネギ、ニンニク、シナモン、オレガノ、タイム、塩、コショウを加える。
3. 唐辛子を茹でたお湯を加えながら、なめらかになるまで少しずつ攪拌する。ソースのとろみを残すために、攪拌しすぎないよう注意する。
4. ガラス製の容器にソースを移し、そこに鶏肉を入れて、肉全体にソースが絡むようによく混ぜる。
5. 鶏肉を1時間ほど冷蔵庫で寝かせる。
6. そのあいだに、やわらかくなるまで水に浸したミショーテの葉か、ベーキングシートを作業台に広げておく。
7. 肉とソースを葉もしくはシートで包み、ミショーテを作る。
8. できあがったミショーテを紐で縛る。
9. ミショーテを蒸し器に置いて、鶏肉がやわらかくなるまで45分ほど蒸し焼きにする。

郷土料理

郷土料理は、それぞれの地域の歴史と文化をたどるタイムカプセルに似ています。
ただのレシピというだけではなく、風味と香りを継承することで、
わたしたちと過去をつなぎ、社会的・経済的進化の生きた証拠となっているのです。
メキシコは文化的にも生物学的にも多様なので、
メキシコ料理を一括りに語ることはできません。
プレヒスパニック時代から伝わる料理は地域によって特徴が異なり、
さらに、カスティーリャ人による影響も考えなくてはならないからです。
メキシコの郷土料理は、アフリカ料理、フランス料理、イギリス料理、
スペイン料理、アラビア料理などによってより豊かなものになりました。
そのためメキシコの伝統料理は、コーントルティーヤ、タマーレス、ソース、昆虫食、
カカオ、発酵飲料、さらには国産の作物など、プレヒスパニック時代から
何世紀にもわたってクリエイティビティが加えられた結果なのです。
植民地時代には、米、小麦、オリーブ、サトウキビ、レタス、ひよこ豆、
柑橘類、マンゴー、シナモン、そして豚や牛などの家畜も持ち込まれました。
こうしてメキシコ料理は長い時間をかけて地域ごとに分かれ、
数えきれないほどの品質の高い料理を生み出し、
食という遺産をつくりあげてきたのです。

北西部地方の料理

地理的な多様性をもつメキシコ北西部では、さまざまな味が融合した郷土料理を楽しむことができます。広大な平原地帯、険しい山岳地帯、人を寄せ付けない砂漠地帯など、それぞれの地帯の自然や文化に合った料理が作られています。

バハ・カリフォルニア州の肥沃な渓谷では、その気候と水源や川のおかげで農作物がたくさん収穫されます。この渓谷地帯は高級ワインの生産地としても有名で、地域において重要な役割を担っています。

北西部の郷土料理はおもに肉のグリルとチーズですが、沿岸地帯でとれた魚介類、渓谷地帯で収穫された農産物、地元で飼養された動物の肉などその土地の新鮮な食材が使われています。先住民の土着の文化とスペイン、アメリカの文化が合わさって、風味豊かな独自の料理が生み出されました。

チロリオ・タコス（メキシコ風プルドポークのタコス）

材料（6人前）

豚ロース肉…1kg
タマネギ…1個
アンチョ唐辛子
（種を取り除き、湯通しして、ローストしておく）…8個
ニンニク（焼いておく）…3片
クミン（ホール）…小さじ1
オレガノパウダー…小さじ1

コリアンダーシード…小さじ1
リンゴ酢…大さじ2
油…大さじ1
塩
コショウ
コーンまたは小麦粉のトルティーヤ…適量

1. 大きめの鍋に肉が浸かる程度の水を加えて、火にかける。沸騰したら、5cm角に切った肉とざく切りにしたタマネギ、塩少々を入れ、必要に応じて水を足しながら肉に火が通るまで中火で煮る。肉に火が通ったら、鍋から取り出し、フォークを使ってほぐす。

2. 唐辛子、ニンニク、スパイス、リンゴ酢、½カップの水をミキサーにかける。材料がすべて完全に混ざったら鍋に移し、塩とコショウで味付けして火にかける。5分ほど煮たら、そこにほぐした肉を入れて、さらに5分間煮て、味をととのえる。できあがったプルドポークをトルティーヤにのせて、ホットソースをかけて完成。タコス、またはブリートにしてめしあがれ。

メキシコのワイン

バハ・カリフォルニアの「ワイン街道」は渓谷地帯とブドウ畑をつなぐ魅惑的な道です。そこに点在している64以上のワイナリーを訪れることもできます。この地域の温暖な地中海性気候が高品質のワイン造りに適していることから、ここで造られるワインは世界的に高い評価を得ています。

グアダルーペ、カラフィア、サン・アントニオ・デ・ラス・ミナスの渓谷には、世界的に有名なブドウ畑とワイナリーがあります。シュナン・ブランやソーヴィニオン・ブランからカベルネ・ソーヴィニヨンやメルローまで、さまざまなブドウ品種がこの地方のワインの比類ない豊かさを生み出しています。

ワイン街道をくまなく旅すると、雰囲気のよいレストランでおいしい郷土料理を楽しみ、美しい美術館で歴史に触れ、スパでリラックスし、丘や渓谷を囲む自然の風景を堪能することができます。毎年8月にはブドウの収穫祭がおこなわれ、メキシコの文化、料理、ワインが一堂に会します。美食家にとってはたまらない味の冒険ができることでしょう。

豆知識

チロリオ・タコスには、バハ・カリフォルニア州エンセナダ産のワイン、クランデスティノ・ティントがぴったりです。

北東部地方の料理

メキシコ北東部の料理は、ユダヤ人、スペイン人、トラスカルテカ人の伝統が融合した影響を受けたパッチワークのような料理といえます。トラスカルテカ人はもともとメキシコ中部にいた民族ですが、時間が経つにつれ、彼らの影響力はメキシコ北東部をはじめとする他の地域にまで広がりました。それがこの地方の食文化に痕跡を残し、いまでもわたしたちの五感を刺激する風味豊かな料理を作り出したのです。

この地域に古くから伝わる代表的な料理は、肉のグリル料理、牛肉の煮込み、スクランブルエッグなどです。これらの伝統料理は、灼熱の太陽の下、代々継承されて洗練されました。

北東部の料理は、熱帯および亜熱帯地域やヨーロッパの影響を強く受けた中心部ほどの多様性はありませんが、つねに独創的でおいしいです。有名なカブリト、肉汁あふれるバルバッコア、風味豊かなマチャカ、そしてメキシコ北部の食事には欠かせない小麦粉のトルティーヤなど、文化の融合によっておいしい料理が生まれました。

プエルコ・アサード

プエルコ・アサードはメキシコ北部の伝統料理で、もともと冷蔵庫がない時代に肉の保存を目的として作られたものです。北東部のおばあさんたちは豚肉を素焼きの壺に入れ、それを綿布で包んで土に埋めました。そうすると、冷えた豚肉から出る脂肪分がバリアとなって何ヵ月も保存することができたのです。

材料(6人前)
豚すね肉…1kg
植物油またはラード…大さじ2
水…適量

ソース材料
アンチョ唐辛子…4個
ワヒージョ唐辛子…4個
ニンニク…3片
黒粒コショウ…8粒
乾燥オレガノ…小さじ1
ローリエ…2枚
クミンシード…小さじ1/2
クローブ…2粒
シナモンパウダー…ひとつまみ
乾燥タイム…小さじ1/2
塩…適量

1. 5cm角に切った豚肉を鍋に入れる。肉が隠れるほどの水を加え、蓋をして、肉がやわらかくなり水分がなくなるまで強火で約45～50分ほど煮る。肉がなかなかやわらかくならない場合は、水を足してさらに煮込む。全体に火が通ったら、植物油またはラードを入れて、肉がキツネ色になるまで焼く。
2. 〈ソースを作る〉豚肉を焼いているあいだに、唐辛子をキッチンバサミか手で半分に裂き、種と中綿を取り除く。フライパンを熱し、焦がさないように注意しながら、唐辛子を両面数秒ずつ軽く焼く。
3. 唐辛子をボウルに移し、やわらかくなるまで熱湯に浸ける。20分ほど経ったら、ざるにあげて水気をよく切る。
4. すべての材料と水3カップ(もしくは材料がなめらかになる量)をミキサーに入れて攪拌する。なめらかになったソースを濾す。フライパンに肉とソースを入れて、よくかき混ぜながら中火で10分ほど煮る。適宜、水を加えながら塩で味をととのえ、ソースにとろみが出てくるまでさらに15分ほどかき混ぜながら煮込む。プエルコ・アサードができあがったら、米とコーンまたは小麦粉のトルティーヤを添えて完成。

ピカディージョ・ゴルディタス

朝ごはんや昼ごはんに人気のピカディージョ・ゴルディタス。ときにはおやつ替わりに、ときには家族のお祝いやパーティーで食べられることもあります。ピカディージョ・ゴルディタスの味わい深さと伝統的なレシピは高く評価されています。

生地の材料(4人前)

小麦粉…2カップ
ベーキングパウダー…大さじ1
塩…小さじ1
ラードまたは植物油…大さじ2
ぬるま湯…1カップ

挽き肉のピカディージョの材料

牛挽き肉…500g
大きめのジャガイモ…1個
(角切り)
タマネギ…½個(角切り)
ハラペーニョ…3個
(みじん切り・お好みで)

トマト…1個(角切り)
クミンパウダー…大さじ1
塩…大さじ1
唐辛子フレーク…大さじ1
(お好みで)
油…大さじ2

1. 〈生地を作る〉ボウルに小麦粉、ベーキングパウダー、塩、ラード、ぬるま湯を入れる。
2. 手に生地がつかなくなるまでよく混ぜて、15分寝かせる。
3. 生地をボール状に4つに分け、めん棒かトルティーヤプレスで直径15cm、厚さ5mmの円盤状にする。
4. ホットプレートで生地を弱火で焼く。焦がさないように注意。
5. 焼きあがったら、やけどに注意しながら生地の真ん中に切り込みを入れる。
6. 〈挽き肉のピカディージョを作る〉フライパンを熱して油をひき、ジャガイモをしんなりするまで炒める。
7. タマネギを加えて、透明になるまで炒める。そこにハラペーニョを入れて、さらに1分炒める。
8. トマトと挽き肉を加える。
9. 具材をよく混ぜ、唐辛子フレーク、クミンパウダー、塩を入れて肉の色が変わるまで煮る。
10. 完成！ 生地にピカディージョを詰めてできあがり。

太平洋沿岸地方の料理

メキシコの太平洋沿岸地方は、ナヤリット州、ハリスコ州、コリマ州、ミチョアカン州などをふくむ広大で多様な地域を指し、熱帯気候を生かした農業が盛んです。その生産物はアボカド、ベリー類、マンゴー、レモン、コーヒー、アガベ、トウモロコシと多彩です。さらに、羊、山羊、子山羊、豚などの畜産でも有名です。

この地方の料理は、土壌の豊かさや農作物の多様さを反映しています。ハリスコ州のビリアやメヌードといった代表的な料理のほかに、カルニタス、ペスカド・ザランデアド、ウチェポス、コルンダなどもよく知られています。ナワ族、プレペチャ族（タラスコ族）、コラ族、ウイチョル族、マザワ族、オトミ族などさまざまな民族が混在する太平洋沿岸地方は、独自の文化や歴史をもち、メキシコの文化の豊かさに貢献しています。

名所としては、ハリスコ州のチャパラ湖やミチョアカン州のツィンツンツァン遺跡などがあります。また、パツクァロの死者の日のお祭りもこの地方の文化的な活力を表しています。チャロ、マリアッチ、テキーラは、独自の食と伝統によって受け継がれてきたこの地方の象徴ともいえるでしょう。

トルタ・アホガダ（カルニタスのサンドイッチ）

トルタ・アホガダはソースのかかったサンドイッチの一種で、ハリスコの州都、グアダラハラの名物です。たいてい朝か昼に食べますが、おやつの時間や夕食時に食べることもあります。グアダラハラの人たちは、ちょっとした集まりや地元のお祭り、家族の祝い事でもトルタ・アホガダを食べます。そのスパイシーな風味と独自のソースが多くの人に親しまれています。

材料(4人前)
豚ロース肉…1kg
(5cm角に切る)
水…250ml
クローブ…3粒
クミン…ひとつまみ
ローリエ…2枚
ラード…250g
オレガノ…ひとつまみ
黒粒コショウ…5粒
牛乳…250ml
オレンジ…1個
タイム…ひとつまみ
塩

ソースの材料
トマト…4個(種を取り除く)
乾燥アルボル唐辛子…2個
(種と中綿を取り除き、お湯に浸けておく)
水…1½
塩

1. 〈カルニタスを作る〉フライパンを熱し、ラードをひいて豚肉を焼く。肉に焼き色がついてきたら、弱火にして、黒コショウ、クローブ、ローリエ、タイム、オレガノ、クミン、水を加える。塩で味をととのえたら、牛乳と半分に切ったオレンジの果汁を加えて、弱火で2時間ほど煮込む。カルニタスの完成。
2. 〈ソースを作る〉トマトと唐辛子、水をミキサーにかけ、濾す。それを鍋で5分間加熱したら、塩で味をととのえる。
3. 〈盛り付ける〉バゲットを半分に切って、トルタ(サンドイッチ)を作る。
4. パンの内側にソースを塗り、カルニタスを挟む。パンの両面を焼き、残りのソースをかけてできあがり。

モルカヘテ・デ・マリスコス

この料理は家族や友人との食事会、お祝いの席でよく食べられます。独特の盛り付け方と豊かな風味のモルカヘテ・デ・マリスコスは、大勢で食事を楽しみたいときにぴったりです。

材料(4人前)

むきエビ(大)…20尾
アサリ…500g
タコ…400g
白ワイン…1l
赤セラーノ唐辛子…1個
(スライス・お好みで)
トマト…2個(角切り)

タマネギ…½個(角切り)
レモン果汁…4個分
オリーブオイル…大さじ6
パセリ(みじん切り)…1束
塩…適量
コショウ…適量

1. 大きな鍋で白ワインを煮立たせ、塩小さじ2を加える。
2. そこにタコを入れて5分間煮込んだら、アサリを加えてさらに3分間煮込む。最後にエビを加えて4分間煮る。
3. 火を止め、煮込んだ魚介類を氷水の入った大きなボウルに移す。
4. ボウルに残りの材料をすべて入れて混ぜ合わせ、塩、コショウで味をととのえる。冷やしたモルカヘテ(p.44)に具を盛る。
5. 焼いたコーントルティーヤを添えて完成。

カスエラ・カクテル

グアダラハラでは、食事会やお祝いの席でよく「カスエラ」というカクテルが飲まれます。テキーラと柑橘系(オレンジ、グレープフルーツ、ライム)のジュースで作るアルコールドリンクで、カスエラという小さな土鍋で出されるのが特徴です。さわやかな味わいで、地元のお祭りや、家族や友人との食事会のドリンクとして人気があります。

グアダラハラの人々は、このカクテルのさわやかな風味と、地元の伝統との結びつきを大事にしています。カスエラ・カクテルは、賑やかなパーティー、さらにはフィエスタス・パトリアス(メキシコの祝日)や地元のお祭りでよく飲まれます。みんなで和やかに楽しいひとときを分かち合うのにうってつけのドリンクです。

材料(8人前)

グレープフルーツ…1個
(スライス)
オレンジ…2個(スライス)
レモン…1個(スライス)
塩
おろしたライムの皮…1個分
ライム果汁…¼カップ
テキーラブランコ…6カップ
グレープフルーツソーダ
…4~5カップ
氷

1. カスエラ(p.44参照)に柑橘類のスライスを入れて、塩をふる。そこに残りの材料を入れて混ぜて、氷を入れる。
2. テーブルの真ん中に置き、各自で自分のコップにすくって飲む。

中部地方の料理

メキシコ中部地方の料理はスペインの影響を強く受けています。伝統的な料理は、モレ（ソース）とタマーレスを使うという特徴があります。この地方の代表的なレシピは、タマーレス、モレ・ポブラノ、チレスエンノガダなどです。

タマーレスはトウモロコシの粉で作った生地に肉や豆や野菜などの具を詰めて、トウモロコシなどの葉で包んだ蒸し料理です。地方によって味がちがい、鶏肉が使われることもあれば、豚肉が使われることもあります。甘いタマーレスも大人気です。

モレ・ポブラノはプエブラ州発祥の料理で、この地方の名物のひとつです。アンチョ唐辛子、ゴマ、チョコレート、ドライフルーツ、香辛料をベースに作られ、鶏肉や七面鳥の肉といっしょに出されます。

チレスエンノガダは、ポブラノ（マイルドな辛さの唐辛子の一種）にナツメグとクローブで香りづけした挽き肉を詰めた料理です。牛乳、フレッシュチーズ、生クリームで作ったホワイトソースをかけて、ザクロの実とパセリを散らします。

羊肉のバルバッコア

昔ながらの調理法では、「オルノ・デ・オヨ」(地面を掘って作った窯) で一晩かけて肉にじっくり火を通します。そうすることで、風味が増し、驚くほど肉がやわらかくなります。

羊肉のバルバッコアの歴史は何世紀もさかのぼり、先住民たちは特別なお祝いの日にバルバッコアを作ったとされています。メキシコ文化や伝統と深いつながりがある料理なのです。レシピは家庭ごとに秘伝とされていますが、厳選されたシンプルな食材を組み合わせることと古来の調理法であることは共通していて、それが独特の風味と繊細な食感をもたらします。

材料(4人前)

羊肉…1kg
タマネギ…½個
(大きめの4等分にしておく)
ニンニク…3片
ローリエ(小)…3枚
水…適量
塩…大さじ1
黒コショウ…適量
ホットソース
パクチーとタマネギのみじん切り
(飾り付け用)
コーントルティーヤ
レモン

1. 蓋つきの両手鍋に、大きめの一口サイズに切った肉、タマネギ、ニンニク、ローリエ、塩、コショウ、水を入れる。
2. 肉がやわらかくなるように、水は肉が浸るくらいまで入れる。
3. 低温で8時間、高温で4時間煮込んだら、肉を鍋から取り出して、フォークで裂く。
4. コーントルティーヤ、レモン、塩、ホットソース(p.42参照)、みじん切りにしたパクチーとタマネギを添えて、タコスにしてめしあがれ。

チレス・レジェーノス・デ・ケソ
（ピーマンのチーズ詰め）

チレス・レジェーノス・デ・ケソは家庭料理です。わたしの母もよく作ってくれた料理で、わたしが初めて習った料理でもあります。11歳のとき、わたしは初めてこのレシピでチレス・レジェーノス・デ・ケソを作りました。

材料（6人前）

ポブラノまたはピーマン…6個
シュレッドモッツァレラチーズ…500g
卵…5個
小麦粉…50g
揚げ油
トマト…1kg
小タマネギ…½個

ニンニク…2片
チキンブイヨン…3カップ
塩…小さじ1

1. ピーマンのヘタを取り、軽く焼いて丁寧に皮を剥く。種を取り除き、余分な水分を拭き取り、モッツァレラチーズを中に詰める。
2. 卵を、卵白と卵黄に分ける。卵黄に塩を少々加えて泡立てる。卵白もそのまま硬くなるまで泡立てたら、卵黄を加えて軽く混ぜる。
3. チーズを詰めたピーマンの開いた部分を爪楊枝で留める。卵にくぐらせ、小麦粉を少し付けて、高温の油で揚げる。
4. トマト、タマネギ、ニンニク、チキンブイヨン3カップをミキサーでなめらかになるまで攪拌し、ソースを作る。
5. ソースを鍋に移してとろみがつくまで10分ほど加熱し、塩で味をととのえる。
6. 平皿にピーマンのチーズ詰めとソースを盛り付けてできあがり。

グアバジュース

材料(4人前)

グアバ…500g (4等分に切っておく)
砂糖…200g (グアバの甘さによって調整)
水…2l
氷

1. グアバ、砂糖、少量の水をミキサーまたはフードプロセッサーにかけ、なめらかになるまで攪拌する。
2. ピッチャーに濾して、残りの水を加える。
3. 砂糖で甘さを調整し、氷を入れて飲む。冷蔵庫で保存することも可能。

南部地方の料理

メキシコ南部地方でもとくにベラクルス州、チアパス州、オアハカ州には、先祖代々伝わる味、先住民の影響、伝統的な調理法が掛け合わさったおいしい料理があります。この地方の生物多様性や植物の種類の多さが料理にも反映され、カカオ、トウモロコシ、インゲン豆、唐辛子といった食材が使われているのも特徴です。タマーレス、豚肉のオーブン焼き、ポソール（トウモロコシの発酵飲料）、そして濃厚でなめらかな舌触りの伝統的なチョコレートなども特筆すべきものです。

とりわけオアハカ州は豊かな食文化の遺産がのこされているといわれ、先住民たちから受け継いだ食材とスペインから影響を受けた食文化が融合しています。モレは料理の主役といえ、黒いモレ、赤いモレ、緑色のモレ、黄色のモレなどバリエーション豊かでそれぞれ個性的な味わいです。カリカリの大きなトルティーヤの一種、トラユーダは、豆、肉、アボカドなどさまざまな食材と供されます。さらに、オアハカ州は、ケソ・フレスコなどのチーズ、アガベの蒸留酒であるメスカルでも有名です。

パンスープ

材料(6人前)

チキンブイヨン…2l
茹で卵…4個(スライス)
クッペパン…4個(スライス)
タマネギ…½個(みじん切り)
プランテンチップス…適量
トマト…2個(みじん切り)
皮を剥いたニンジン…2本(輪切りにし、茹でておく)
ズッキーニ…2本(輪切りにし、茹でておく)
黒粒コショウ…2粒
クローブ…2粒
ニンニク…1片(みじん切り)
シナモンスティック…1本
油…200ml
タイム…3本
砂糖…大さじ2
レーズン…50g
塩…適量

1. フライパンに少量の油をひいて熱する。
2. ライスしたパンを焦がさないように気をつけながらキツネ色になるまで揚げたら、火からおろして余分な油をキッチンペーパーで取り除く。
3. 別のフライパンに油を移し、ニンニク、タマネギ、トマトを加えて汁気が出てくるまで5分ほど煮る。
4. シナモンスティック、クローブ、コショウを加え、さらに5分ほど煮る。
5. そこにチキンブイヨンをゆっくり加えて、砂糖、タイム、ニンジン、ズッキーニ、塩少々を入れて、よく混ぜる。
6. 中火で10分、沸騰するまで煮込む。
7. 弱火にして、パンを入れて、さらに5分煮る。
8. 最後に具材をかき混ぜたら火を止めて、茹で卵をのせ、レーズンとプランテンを添えて熱いうちにめしあがれ。

トラユーダ

オアハカ州の名物料理、トラユーダは、この地方の家族の思い出の味です。オアハカの街角では、お年寄りが孫を地元の市場に連れていき、いっしょにトラユーダを食べている姿をよく見かけます。こんがり焼けたトルティーヤに豆、チーズ、肉、アボカドがたっぷり入ったトラユーダは、多くの人にとって忘れられない味なのです。オアハカの人たちは幼いころから、タコスのように折りたたんで食べるトラユーダの食べ方を教わります。その伝統は代々受け継がれてきました。家族をひとつにするトラユーダは、この地方の豊かな食の伝統の象徴です。

材料(6人前)

コーントルティーヤ(大)…4枚
インゲン豆のペースト…200g
オアハカチーズまたはフレッシュチーズ
…200g
ステーキ肉…1枚
アボカド…1個(スライス)
トマト…1個(スライス)

赤タマネギ…1個(スライス)
メキシカンソース(サルサ・ロハ)
塩
トルティーヤを焼くための植物油

1. 大きめのフライパンに少量の油をひき、中火で熱する。両面に焼き目がつき、カリッとするまでコーントルティーヤを軽く焼く。
2. トルティーヤが焼けたら、インゲン豆のペーストをトルティーヤに塗り、細かくしたチーズをその上にかける。
3. さらにそこに、細かく切ったステーキ肉(鶏肉でも可)をのせていく。
4. 最後に、アボカド、トマト、赤タマネギのスライスを並べてのせ、メキシカンソースで味をととのえる。必要があれば塩をかける。
5. 熱々のうちにめしあがれ！
6. ほかにも、チョリソー、チチャロン、ノパルなどお好みの具材を入れてもよい。

トリート・カクテル（ピーナッツのカクテル）

トリート・カクテルはベラクルス州の伝統的なカクテルで、豊かな歴史をもっています。地元の人によると、サトウキビ畑で働く農夫たちがエネルギーをチャージしてリフレッシュするために、シンプルな材料で飲み心地のよいドリンクを作ろうと生み出されたのが、このカクテルなのだそうです。伝統的にはピーナッツリキュール、加糖練乳、無糖練乳などで作られます。クリーミーでさわやかな味わいのトリート・カクテルはたいてい氷を入れて飲みます。

わたしはベラクルスではじめてトリート・カクテルを飲んだときのことをいまでも覚えています。旧友の家族のパーティーで、友人のおばあさんがその日のために特別に作ってきてくれたのです。一口飲むごとに、南国の太陽の下で遊んだ日々や、祖父や祖母の話を聞いて夜をすごした子供時代の思い出がよみがえりました。メキシコの人にとってトリート・カクテルはただのお酒ではなく、ベラクルスの人々が愛と誇りをもって和気あいあいと分かち合う、伝統のシンボルなのです。

材料（4人前）

エバミルク…250g
加糖練乳…300g
ピーナッツバター（無糖）…大さじ5
アグアルディエンテ（サトウキビの蒸留酒）またはホワイトラム…250ml
バニラエッセンス…小さじ1
氷

1. エバミルクと練乳、ピーナッツバター、バニラ、アグアルディエンテまたはホワイトラム、氷をミキサーに入れる。
2. なめらかになるまで攪拌する。
3. 氷を入れたウイスキーグラスに注ぐ。

南東部地方の料理

メキシコ南東部のカンペチェ州、ユカタン州、キンタナ・ロー州の料理は、独特の食文化の伝統と風味が魅力的に融合しています。マヤ文明と植民地時代の豊かな遺産の影響を受けているこの地方には、固有の食材と代表的な料理がいくつもあります。

ユカタン州は、アチョーテ、ハバネロなどの唐辛子、トウモロコシが使われたコチニータ・ピビル、パヌーチョ、ライムスープなどのマヤ料理が有名です。

カンペチェ州ではパン・デ・カソンやプッチェーロといったスペインの影響を受けた料理が有名で、キンタナ・ロー州のカリブ料理には新鮮な魚介類が欠かせません。なかでもティキン・シックという魚料理が有名です。地元の市場、食のフェア、代々受け継がれてきた料理の伝統が、この地方において食文化がいかに重要であるかを示しています。

メキシコ南東部の名物料理は、その本物の味と豊かな食の歴史とともに訪れる人々を楽しませてくれます。

パン・デ・カソン

パン・デ・カソンはユカタン半島の伝統料理で、とくにカンペチェ州の海岸沿いの町で親しまれています。コーントルティーヤ、サメの肉（カソン）、黒インゲン豆、スパイシーなトマトソースなどを何層にも重ねて作られます。その起源は、マヤ文明の人々が豊富にとれる魚を料理していた先コロンブス期の時代までさかのぼります。

材料(4~6人前)

サメ肉の切り身…500g
(一口大に切っておく。メルルーサまたはタラでも代用可能)
皮を剥いたトマト…1kg (ざく切り)
タマネギ…2個(みじん切り)
ニンニク…3片(みじん切り)
赤ピーマン…2個(角切り)
ハバネロ…2個
(みじん切り・お好みの辛さによって量は調整)
コーントルティーヤ…12枚
パクチー…½カップ(みじん切り)
オリーブオイル
塩、コショウ…適量

1. 大鍋に少量のオリーブオイルをひき、中火で熱する。タマネギとニンニクを入れて、透き通るまで炒める。
2. トマト、赤ピーマン、ハバネロを加え、具材がやわらかくなるまで10分ほど火にかける。そのあいだに、別のフライパンに少量のオリーブオイルをひいて熱し、サメ肉の切り身に火が通るまで焼き、塩、コショウで味付けする。
3. オーブンを180℃に予熱する。
4. 耐熱皿にコーントルティーヤを敷き、焼いたサメ肉と野菜をラザニアのように重ねていく。
5. すべての具材を使い切ったら、最後に残った野菜の汁をかける。
6. さらにアルミホイルをかぶせて、オーブンで20～25分程度焼く。
7. 食べる直前にパクチーを散らして、熱いうちにめしあがれ。
8. お好みで、アボカドのスライスとホットソースを添えてもよい。

飲み物とデザート

伝統的な飲み物とデザートはメキシコ料理において重要な位置を占めています。
その特徴はメキシコの食文化と深く関わっています。
メキシコはカカオをよく使うといわれますが、カカオは古来の食材で、
料理に深い精神的次元を与えてくれます。
ワインやリキュールといったアルコールが主流のフランスとはちがって、
メキシコではメスカルやテキーラといった
伝統的な蒸留酒が多いことで知られています。
これらの蒸留酒はフルーティーかつスモーキーな香りが特徴で、
多くの飲み物やデザートに使われています。

トウモロコシ、トロピカルフルーツ、唐辛子、香辛料などの
地元の食材を生かしたメキシコのデザートは、
豊かな風味と食感を楽しむことができます。

トレスレチェケーキ(3種のクリームケーキ)

メキシコの誕生日ケーキの定番。家族で食べるのにぴったりです。

材料(8人前)

クリーム
エバミルク…1缶(約400g)
加糖練乳…1缶(約400g)
生クリーム…350ml
ラム酒…60ml(お好みで)
バニラエッセンス…小さじ1

スポンジケーキ
卵…10個
小麦粉…300g
砂糖…60g
ベーキングパウダー…小さじ2
ホットミルク…60ml

1. クリームの材料をすべて混ぜる。
2. オーブンを180℃に予熱する。
3. 卵を卵白と卵黄に分け、卵白を硬くなるまで泡立てる。
4. ボウルに卵黄と砂糖を入れて倍の量になるまで泡立て、小麦粉とベーキングパウダー、ホットミルクを加えて軽くかき混ぜる。そこに、先ほど泡立てた卵白をゆっくり入れて、ゴムベラで静かに混ぜ合わせる。型の内側にバター(分量外)を塗り、打ち粉をしておく。混ぜた生地を型に流し入れ、オーブンで30分焼く。焼きあがったらオーブンから取り出し、完全に冷めてからスポンジを型から取り出す。
5. スポンジをクリームに浸し、ホイップクリームとお好みのフルーツでデコレーションする。

ボラチートス・テキーラ（テキーラ入り菓子）

「パナデリア・ドゥルセ」とも呼ばれるメキシコの伝統的なお菓子。

材料
シロップ
ライムの皮…1個分
シナモンスティック…1本
黒糖またはブラウンシュガー…500g
水…700ml
テキーラ（アネホ）…150ml

生地
卵…7個
小麦粉…320g
砂糖…30g
ベーキングパウダー…15g
バター…115g（常温）
植物油…小さじ1
塩…4g

1. 〈シロップを作る〉テキーラ以外の材料をすべて鍋に入れて、沸騰させる。5分経ったら火を止めて、濾してテキーラを加える。
2. 〈生地を作る〉小麦粉、小さく切ったバター、塩をボウルに入れて軽く混ぜ合わせ、砂糖とベーキングパウダーをさらに加えて中速で5分ほど混ぜつづける。
3. 卵を1個ずつ入れ、さらに混ぜるスピードを上げ、生地がボウルにくっつかなくなるまで15〜20分ほどこねる。別のボウルに油をひいて生地を移し、ラップをして暖かい場所で寝かせる。50分経ったら生地のガス抜きをして、エンゼル型に入れてさらに40分寝かせる。
4. 180℃に予熱したオーブンで15分間焼く。温度を150℃に下げてさらに15分焼いたら、オーブンから取り出す。生地が完全に冷めたら、型から取り出す。
5. 温めたシロップに生地を1分ほど浸して完成。

インポッシブルケーキ（メキシカンフラン）

山羊のミルクで作られるキャラメル「カヘタ」のソースがかかっている二層ケーキ。下はチョコレートケーキ、上はクリーミーなフランになっています。メキシコでは欠かせないデザートです。

材料(8人前)

カヘタキャラメルソース…130g

チョコレートケーキ

卵…4個
砂糖…345g
小麦粉…225g
カカオパウダー…125g
重曹…小さじ1
ベーキングパウダー…小さじ1
牛乳…250ml
バター…140g
バニラエッセンス…適量
塩…ひとつまみ

フラン

卵…4個
無糖練乳…1缶(約400g)
加糖練乳…1缶(約400g)
バニラエッセンス…大さじ1
飾り付け用ピーカンナッツ…適量

1. まずはチョコレートケーキの準備から。小麦粉、カカオパウダー、重曹、ベーキングパウダー、塩をボウルに入れておく。
2. 砂糖とバターを別のボウルに入れて、白くなるまで泡立てる。そこにバニラエッセンスと、卵を1個ずつ加えてさらに1分間泡立てる。
3. 次に、1を半分だけ入れてゴムベラで軽く混ぜ、さらに残りの半分と牛乳を加えてダマがなくなるまで混ぜ合わせる。
4. フランの材料をすべて混ぜておく。
5. オーブンを180℃に予熱する。
6. バターを塗り、打ち粉をしたバント型にカヘタソースを入れる。型の底と側面にソースが行き渡るようにする。そこにチョコレートケーキの生地を流し込み、その上にフラン液を流し入れる。
7. 型をアルミホイルで覆い、1時間ほどオーブンで焼く。爪楊枝を刺して生地がつかなくなったら、オーブンから取り出し、室温で冷ます(カヘタソースが固まらないように)。そうっと型からケーキを取り出し、刻んだピーカンナッツを飾って完成。

焼きバナナ（テキーラ風味）

このフランス風のデザートは、バナナをテキーラでフランベすることで、バナナの甘みとテキーラの香りを引き立たせます。バニラアイスやホイップクリームが添えられることが多く、レストランの人気メニューのひとつです。

材料（4人前）
完熟バナナ…4本
バター…60g
ブラウンシュガー…50g
テキーラ…60ml
オレンジジュース…60ml
オレンジの皮
シナモンパウダー…小さじ1
バニラアイス（お好みで）
飾り付け用フレッシュミントの葉
（お好みで）

1. バナナの皮を剥き、4等分にする。
2. 大きめのフライパンにバターを入れて、中火で熱する。そこにブラウンシュガーを加え、溶けるまでバターと混ぜ合わせる。
3. バナナの平面を下にしてフライパンにのせ、軽く焼き目がつくまで数分火を入れる。
4. 小鍋にテキーラ、オレンジジュース、オレンジの皮、シナモンパウダーを入れて火にかける。沸騰したら火を弱め、アルコールが飛ぶまで数分煮る。
5. 鍋を火からおろし、ソースをバナナにゆっくりかけて、フランベする。このとき、火が燃え上がる可能性があるので注意する。
6. 火が自然に消えるのを待つ。火が消えたらバナナを皿に盛り、バニラアイスとミントを添えてできあがり。

プルケケーキ

材料(4~6人前)

小麦粉…250g
砂糖…200g
卵…3個
プルケ…100ml
植物油…100ml
ベーキングパウダー…1袋
塩…ひとつまみ
オレンジの皮(お好みで)
アイシングシュガー（お好みで）

1. オーブンを180℃に予熱する。
2. 大きめのボウルに小麦粉、砂糖、ベーキングパウダー、塩少々を入れて混ぜ、オレンジの皮を加える。
3. 別のボウルに卵、プルケ、植物油を入れて、なめらかになるまで混ぜ合わせる。
4. 2のボウルに3の中身を加え、すべての材料がなめらかになるまで軽く混ぜる。ただし、混ぜすぎに注意。
5. パウンドケーキの型の内側にバター（分量外）を塗り、打ち粉をして、生地を流し入れる。
6. オーブンで40~50分ほど加熱する。爪楊枝を刺して生地がつかなくなったら、オーブンから取り出す。
7. そのまま数分冷まし、型からケーキを取り出したら、お好みでアイシングシュガーでデコレーションする。
8. ケーキを切り分け、コーヒーなど好きなドリンクといっしょにめしあがれ！

トウモロコシサブレ

トウモロコシサブレは、トウモロコシを主食としていた先コロンブス期の時代からあるお菓子です。メソアメリカ文明の先住民たちは、製粉技術を使って粉にしたトウモロコシから生地を作り、それを焼いてサブレを作りました。スペインの入植がはじまると、このレシピは全国に広まり、ヨーロッパから持ち込まれた食材と技術でさらにアレンジされました。今日のメキシコでも、トウモロコシサブレは人気のお菓子のひとつで、伝統的に作られたものから現代的なものまで、さまざまな味や形のサブレがあります。わたしは昔、地元の村の市場でよくこのサブレを買って食べた思い出があります。家族みんなが大好きなおやつでした。

材料(直径5cmのサブレ20枚分)

バター…440g
コーンフラワー…440g
アイシングシュガー…200g
バニラビーンズ…1本
ベーキングパウダー…6g
卵黄…2個分

1. ボウルに卵黄以外の材料を入れて少しざらつきが残るくらいまで混ぜたら、卵黄を加えてさらに軽く混ぜ合わせて生地を作る。生地を厚さ5mmのクッキングシート2枚のあいだに広げ、そのまま最低2時間冷やしたら、170℃のオーブンで10分ほど焼く。
2. オーブンから取り出し、熱を冷まして完成。

マンゴージュース

材料(4人前)

完熟マンゴー（大）…2個(皮を剥き、種を取り除く)
水…1l
ライム果汁…1~2個分(お好みで)
砂糖…大さじ2~4 (お好みの甘さに調整)
氷
飾り付け用フレッシュミントの葉(お好みで)

1. マンゴーを一口大に切り、ミキサーにかける。
2. 水、ライム果汁、砂糖をミキサーに加える。
3. なめらかになるまでさらに混ぜる。
4. 味見をして砂糖とライムの量を調整する。
5. 細かいふるいかチーズクロスを使って濾すと、果肉が取り除かれ、より舌触りがなめらかになる(お好みで)。
6. できあがったジュースをピッチャーに入れて、冷蔵庫で1時間以上冷やす。
7. コップに氷を入れてジュースを注ぐ。フレッシュミントを添えて、さらに風味を豊かにする。
8. 冷えているうちに飲み、このマンゴージュースのみずみずしさと甘みを楽しもう！
9. このさわやかでフルーティーなマンゴージュースは、日差しの強い暑い日に、のどの渇きを潤すのにぴったり。

テキーラ・サンライズ

材料（グラス1杯分）

テキーラ…60ml
オレンジジュース…175ml
ハイビスカスシロップ…適量
オレンジスライス…1枚
氷

1. カクテルグラスに氷を数個入れて、テキーラを注ぐ。そこにオレンジジュースとハイビスカスシロップを加える。
2. オレンジスライスを1枚とマドラーを添えて完成。

メスカリータ

メスカリータは定番のマルガリータをメキシコ風にアレンジしたカクテル。メスカルのスモーキーな風味に、酸味と甘みが加わります。暑い夏の日に友人とリラックスしながら飲むのにおすすめです。

材料（4人前）

メスカル…200ml
ライム…1個
ライム果汁…4~6個分
アガベシロップ…120ml（またはお好みで）
グラスの縁用の海塩…大さじ2~3
氷
飾り付け用ライムスライス（お好みで）

1. くし形に切ったライムでグラスの縁をこすり、塩を均一に付ける。
2. メスカル、ライム果汁、アガベシロップをカクテルシェイカーもしくは大きめの容器に注ぎ入れる。
3. シェイカーに氷を入れて15〜20秒ほど激しくシェイクして、冷やしながら混ぜる。
4. 用意したグラスに氷を入れる。
5. グラスにできあがったメスカリータを注ぎ、ライムスライスをのせ、マドラーでかき混ぜる。

クリスマス・ポンチェ

クリスマス・ポンチェはメキシコでクリスマスに飲まれる伝統的な飲み物です。その起源は植民地時代までさかのぼり、プレヒスパニック時代からある食材とヨーロッパから伝わった材料を組み合わせて作られました。テホコテス（サンザシの実）やグアバなどのフルーツとシナモンやクローブなどの香辛料が使われます。クリスマスまでのポサダの期間に飲まれるこのホットドリンクは、各家庭にオリジナルのレシピがありますが、どの家庭でもポンチェは温もりと伝統を共有する飲み物として親しまれています。みんなでいっしょに食卓を囲み、クリスマスの喜びを分かち合う飲み物、それがポンチェなのです。

材料（8〜10人前）

水…2l
黒糖またはブラウンシュガー…200g
シナモンスティック…4本
クローブ…6粒
タマリンド…400g（皮を剥き、種を取り除く）
テホコテス…400g（皮を剥き4等分にしておく。テホコテスが手に入らない場合はリンゴか洋ナシでも可）
クランベリー（またはプラム）…200g

レーズン…100g
オレンジスライス…2個分
オレンジの皮…適量
ラム酒もしくはブランデー…100ml（お好みで）
飾り付け用シナモンスティック（お好みで）

1. 大きめの鍋でお湯を沸かす。
2. 黒糖（またはブラウンシュガー）、シナモンスティック、クローブを入れ、砂糖が溶け、スパイスが香るまで弱火で10分ほど煮込む。
3. タマリンド、テホコテス（またはリンゴもしくは洋ナシ）、クランベリー（またはプラム）、レーズンを鍋に加え、フルーツがやわらかくなるまで20分ほど煮る。
4. 次にオレンジスライスとオレンジの皮を入れて、5分間煮込む。
5. お好みでラム酒またはブランデーを入れて、さらに数分煮込む。
6. 鍋を火からおろし、熱いうちにポンチェをコップに注ぐ。シナモンスティックをそれぞれのコップに入れるとさらに風味が増し、飾りにもなるのでおすすめ。
7. クリスマスは、友人や家族とこのメキシコ風ポンチェを囲んで楽しんで！

豆知識

すべての材料はメキシコ食材店で手に入ります。

プルケ

わたしが子どもの頃の祖父ドン・ビレのこと、とくにその食生活をいまでもよく覚えています。祖父はプルケが大好きで、祖父の毎日に欠かせないものでした。祖父は、ビールの人気に押され気味のプルケという生きた伝統を守ろうとしていたのでしょう。

プルケはメキシコ発祥の発酵飲料で、アオノリュウゼツランの樹液から造られます。プレヒスパニック時代から飲まれていて、当時は薬効があると崇められたり、豊穣の女神とつながりがあると考えられたりしていました。プルケは何千年も人々に親しまれてきたにもかかわらず、ビールの台頭とともに飲む人も減っていきました。しかし今日、酸味と粘り気があるその独特の風味がとくに若者のあいだでまた人気となり、復活しつつあります。テキーラやメスカルといった蒸留酒とはちがって、プルケはアグアミエルと呼ばれるリュウゼツランの樹液をただ発酵させて造ります。

ピーナッツ・プルケ

材料（4~6人前）

無塩ピーナッツ…125g

プルケ…1l

牛乳…250ml

砂糖…100g（お好みで）

シナモンパウダー…小さじ½（お好みで）

塩…ひとつまみ

1. フライパンに油をひかずに、ピーナッツを中火で焦がさないように気をつけながら数分軽くローストし、冷やしておく。
2. ミキサーにローストしたピーナッツとプルケ500mlを入れて、なめらかになるまで攪拌する。
3. できあがったピーナッツペーストをピッチャーに注ぎ入れ、残りのプルケを入れる。
4. そこに牛乳、砂糖、シナモン、塩を加え、よく混ぜる。
5. 味見をしながら、砂糖の量を調整する。
6. お好みで氷を入れたグラスに注ぎ入れる。シナモンパウダーをふりかけてもよい。

索 引

【ア】

アガペ ……………………………………… 11
アコシール ……………………………… 10, 11
アチョーテ ……………………………… 38, 69, 108
アトレ ……………………………………… 59
アントヘリア ……………………………… 31
インポッシブルケーキ …………………… 114
ウエボス・レアレス ……………………… 8
エスカモーレ ……………………………… 84
エスキテス ………………………………… 35
エパソーテ ……………………………… 23, 25, 35, 39
エンチラーダ ……………………………… 5, 13, 31, 37, 38
オルチャータ ……………………………… 31

【カ】

カスエラ …………………………………… 44, 99
カブリト …………………………………… 92
カペアード ………………………………… 80
キンセアニェーラ ………………………… 71
グアダルーペ ……………………………… 56, 90
クラマト …………………………………… 42
ケサディーヤ ……………………………… 11, 26, 35, 39, 43
コシナ・エコノミカ ……………………… 31
コリフロール・レジェーナ ……………… 80
ゴルティータ ……………………………… 35

【サ】

サルサ ……………………………………… 26, 38, 43, 44, 54, 55, 74, 75, 77, 106
死者の日 …………………………………… 56, 59, 96
シュガースカル …………………………… 59
蒸留酒 ……………………………………… 43, 104, 107, 111, 124

【タ】

タコス ……………………………………… 5, 9, 11, 21, 26, 31, 34, 37, 38, 39, 43, 74, 75, 77, 89, 90, 101, 106
タテマド …………………………………… 72
タマーレス ………………………………… 13, 31, 35, 37, 38, 39, 42, 43, 52, 56, 59, 82, 83, 87, 100, 104
チャヤ ……………………………………… 38
チレスエンノガダ ………………………… 13, 100
チレス・レジェーノス・デ・ケソ ……… 102
チロリオ・タコス ………………………… 89, 90
テキーラ …………………………………… 43, 96, 99, 111, 113, 116, 122, 124
伝統料理 …………………………………… 5, 14, 16, 17, 31, 39, 49, 56, 68, 71, 87, 92, 94, 109
トスターダ ………………………………… 31, 35, 43
トマティーヨ ……………………………… 13, 36, 54, 55
トラユーダ ………………………………… 56, 104, 106
トリート・カクテル ……………………… 107
トルタ・アホガダ ………………………… 97
トルタス …………………………………… 31
トルティーヤ ……………………………… 9, 10, 13, 21,

22, 23, 24, 25, 26, 31, 35, 42, 43, 44, 45, 52, 56, 66, 67, 74, 75, 87, 89, 92, 94, 95, 98, 101, 104, 106, 109

トルティーヤ・ドラド ················· 74

トレスレチェケーキ ················· 9, 112

【ナ】

ニシュタマリゼーション ················· 42, 46, 62, 63, 66, 67, 69, 83

ノパル ················· 11, 13, 23, 36, 42, 51, 106

【ハ】

バカノラ ················· 43

バルバッコア ················· 92, 101

パン・デ・カソン ················· 108, 109

パン・デ・ムエルト ················· 52, 56, 59

パンバソ ················· 31

ピカディージョ・ゴルディタス ················· 95

ビリア ················· 39, 44, 96

プエルコ・アサード ················· 94

フォンダス ················· 31

プランテン ················· 37, 105

プルケ ················· 43, 117, 124, 125

プレヒスパニック時代 ················· 9, 13, 28, 32, 39, 52, 71, 82, 87, 123, 124

ポサダ ················· 56, 123

ポソール ················· 42, 104

ポッシュ ················· 42

ボラチートス・テキーラ ················· 113

ボロバン ················· 9

【マ】

マチャカ ················· 92

ミショーテ ················· 84, 85

ミルパ ················· 12, 18, 19, 31, 62

ムクビルチキン ················· 69

ムクビル・ポジョ ················· 17

無形文化遺産 ················· 5, 17, 49, 52

メキシコ独立記念日 ················· 32

メスカル ················· 43, 56, 104, 111, 122, 124

メソアメリカ文明 ················· 6, 7, 46, 118

メタテアド ················· 64

メヌード ················· 96

モルカヘテ ················· 27, 44, 61, 77, 98

モレ・デ・オジャ ················· 25

モレ・ポブラノ ················· 38, 100

【ラ】

レスコルド ················· 78

ロスカ・デ・レジェス ················· 52

【ワ】

ワカモレ ················· 5, 11, 26, 27, 43

知っておきたい!
メキシコごはんの常識
イラストで見るマナー、文化、
レシピ、ちょっといい話まで

2025年3月15日　第1刷

著者	メルセデス・アウマダ[文]
	オラーヌ・シガル[絵]
訳者	山本萌
翻訳協力	株式会社リベル
ブックデザイン	川村哲司(atmosphere ltd.)
発行者	成瀬雅人
発行所	株式会社原書房
	〒160-0022
	東京都新宿区新宿1-25-13
	☎03(3354)0685(代表)
	http://www.harashobo.co.jp/
	振替・00150-6-151594
印刷	シナノ印刷株式会社
製本	東京美術紙工協業組合

© Liber 2025　ISBN 978-4-562-07502-7　Printed in Japan

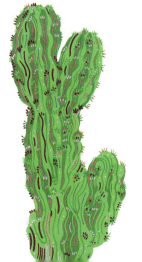